激荡江海五千年

金伟忻 著

译林出版社

图书在版编目（CIP）数据

激荡江海五千年 /金伟忻著. —南京：译林出版社，2022.2
ISBN 978-7-5447-8832-8

Ⅰ.①激… Ⅱ.①金… Ⅲ.①散文集 - 中国 - 当代 Ⅳ.①I267

中国版本图书馆 CIP 数据核字（2021）第 175355 号

激荡江海五千年　金伟忻 / 著

责任编辑　王玉强
装帧设计　景秋萍
校　　对　孙玉兰
责任印制　颜　亮

出版发行　译林出版社
地　　址　南京市湖南路 1 号 A 楼
邮　　箱　yilin@yilin.com
网　　址　www.yilin.com
市场热线　025-86633278
照　　排　南京新华丰制版有限公司
印　　刷　江苏凤凰新华印务集团有限公司
开　　本　787 毫米 ×1092 毫米　1/32
印　　张　9.5
版　　次　2022 年 2 月第 1 版
印　　次　2022 年 2 月第 1 次印刷
书　　号　ISBN 978-7-5447-8832-8
定　　价　68.00 元

时间在其不可抗拒而永不停歇的洪流中携带着所有受造物，并将它们统统淹没在深沉的未知中……但历史的故事形成了抵制时间之流的坚强堡垒……不让它们滑入遗忘的深渊。

——安娜·康姆内娜

自序：
时空折叠中的江海文脉

“忽闻海上有仙山，山在虚无缥缈间。”宏阔博大的黄海，常常令我梦魂牵绕。

我自知，那是一种源自家乡地域的深沉依恋，一种挥之不去的文化心结，更是一种探索未知的内心向往。

江河湖海，纵横奔流，万川朝宗。千万年来，在江苏大地上，无论是奔腾不息的长江，还是肆虐不羁的淮水，抑或是黄河决堤一泻千里的滚滚泥沙，无不带着人们的悲情与欢乐、苦难与辉煌、现实与希冀，恒久地汇入到那片深广的海洋之中。海纳百川，不只昭示了江苏的开放与博大，更造就了江苏文化深沉兼容的精神与品质。

在江苏文化的悠远叙事中，常常会有不同的表达：如以水为形态来呈现的，有运河文化、太湖文化、长江文化、里下河文化；如以地域特质形态来表达的，有淮扬文化、吴越文化、楚汉文化；还有以特定的自然资源与人文现象来叙事的，如盐文化、园林文化、吴歌文化等。唯独缺少以漫长的海岸线为流域视点的黄海文化研究，因此也常常被人们习惯性地遮蔽，这不能不说是一种认知上的局限。

从自然史的视角看，黄海是太平洋西部最大的边缘海，位于我国与朝鲜半岛之间。黄海从胶东半岛成山角到朝鲜的长山串之间海面最窄，习惯上以此线将黄海分为北黄海和南黄海两部分。北黄海面积约 8.1 万平方千米，南黄海面积约 40.9 万平方千米。

我国濒临黄海的主要行政区有辽宁、山东和江苏三省，主要沿海城市有大连、丹东、日照、青岛、烟台、威海、连云港、盐城、南通。在江苏境内的黄海岸线，从连云港到南通达千余千米。

再从纵向的历史维度审视，东夷文化、辽海文化、齐鲁文化、吴越文化、运河文化、江南文化，都与黄海海岸线特有的地理涵养有着密不可分的内在关联。俯察古今，这里都是一个丰厚多元的“文化时空”存在：既有远古的传说，也有丰沛的历史遗存；既汇聚过无数惊心动魄的历史风云，也流传着绵延久远的时代传奇。

相传五帝时期，这里发生了一场巨大的洪水，《尚书·尧典》载：“汤汤洪水方割，荡荡怀山襄陵。”大禹的父亲鲧奉命治水失败，最后舜“殛鲧于羽山”（《山海经·海内经》）。专家们考证，史书记载的羽山，就是今天位于江苏省连云港市东海县与山东省临沂市临沭县交界处的羽山。

连云港将军崖上刻有人类最早仰望星空的崖画遗存，专家推测在距今6000年至4500年。秦始皇四次巡游东海，直接下令徐市出海求仙，并使得此风绵延千年不绝。孔子登临过的文化名山孔望山，早于敦煌两百多年就刻凿了佛道合一的摩崖石刻群。

1973年8月，海安出土了距今约5800年至5000年的“青墩文化遗址”，呈现出五千多年前那些“青墩人”在这片原野上的生存状态以及融入江海之间的烟火气息。

二十世纪末，在泰州兴化市林湖乡，又先后发现了“南荡文化遗址”和“影山头遗址”，从中又一次发掘出许多陶鼎、壶、瓮、盆等生活器皿和石刀、锛、凿、骨锥等生产用具，其年代为距今约6000年至5500年。

春秋五霸中最早建立水军的吴王夫差，为实现北伐齐国称霸中原的目标，以举国之力在扬州建邗城、挖邗沟，催生了此后流经千年的大运河伟大工程。汉文帝和景帝期间，吴王刘濞为实现其篡国上位的野心，开凿了沿海最早的人工运盐河，使泰州、盐城、南通的盐业开发持久勃兴。唐代扬州鉴真和尚先后五次失败、第六次东渡日本成功，把大唐的佛教和文化艺术传播到日本。北宋名相范仲淹早年在东台西溪（今江苏省盐城市东台市西溪，当时属泰州）任盐官时，看到海堤年久失修海潮泛滥，百姓屋毁人亡，不惜越职上书朝廷获得支持，带领数万民工修筑了历经千年的捍海堰——“范公堤”。这些都是沿海文化带被载入史册的重大历史事件和引人瞩目的文化现象。

这里孕育了一批批胸怀天下的杰出人才。如东吴时期从海陵走出去的名将吕岱，泰州宋代著名教育家胡瑗、平民哲学家王艮，盐城身背宋代小皇帝壮烈蹈海的陆秀夫、带领十八盐民在草堰举旗反元的张士诚，开创士商新时代的南通状元张謇，等等。

这里还孕育了敢于标新立异的“文学圈”。如横空出世的神魔小说《西游记》，风靡民间书肆的《水浒传》，金陵一时纸贵的《红楼梦》，与道教传播兴盛关联的《封神演义》，还有引领画坛的扬州八怪，写有“盐场今乐府”的平民诗人吴嘉纪……这些作品、这些文人成为矗立在中国文学艺术史上一座座令人仰望的峰峦峻岭。

如果从海洋经济的视角审视，我们同样可以感知到江苏自古以来，日渐兴盛的“海商”“盐商”经济中的海洋基因。从春秋战国时期的五霸争雄，到唐、宋、元、明、清的政权迭代，不同朝代的经济勃兴与朝廷兴衰，也或多或少与其对长江和海洋的认知深度密切相关。毫无疑问，确立“江海文化带”的视野与理念，有助于我们从当下狭小的行政地域单元提升到黄海与长江流域的层面去思考，进而在更为宏阔的时空中，去审视海洋文化和长江文化互为交融、生长、兴衰与传播的历史。

千百年来，我们对大海无限地汲取，而它却在默默地锻造我们的性格，影响我们的心灵，拓展我们的胸襟，开启我们的想象，涵养我们的品性，同时也在包容我们的无知与任性。显然，江苏如果缺失对海洋文化基因和长江文化脉动的深度开掘，就不可能真正地把握江苏文化的内在精髓，也不能深刻地认知江苏人多元文化性格中的趋同性与差异性。

法国思想家雷蒙•阿隆说："所谓历史，就是由活着的人和为了活着的人而重建的死者的生活。"杜君立在其《历史的细节》一书序言中说："历史就是人类的基因图谱，它保存着人类的身世和所以生存的记忆。"黄仁宇说："今日遮蔽往事，只有明日的失望。"

我以为，历史应该在现代思维的深度解读下，成为开阔眼界的一场思想盛宴，成为启迪思考的一种心灵慰藉。穿越多维时空，用轻灵优美的散文笔触，打开折叠千年的江海文脉，钩沉淹没在岁月深处的历史传奇，再现其悠远的城市兴衰、地域变迁和人文现象，这是一种应有的文化自觉，也是当下观照历史所应肩负起的现实责任。

我深知，以这样一种方式呈现历史，需要有扎实的历史学专科能力、跨学科的知识储备、独特的叙事视角和对历史长波段的深刻洞察。我自明，这些都不是自己的所长，不是本人现有的知识储备所能担当的，但是我们不能因此对之视而不见，更不该因此而放弃慎终追远的那一份情怀。正如《人类简史》的作者尤瓦尔·赫拉利所说："人们之所以不愿改变，是因为害怕未知。但是历史唯一不变的事实，就是一切都会改变。"

在地方史的文化研究中，一些人也许早已习惯"围墙"式的思维方式，固守在当下一个个行政区划的狭小空间中审视历史文化。不能不说，这些都在限制我们的视野宽度，束缚理性审察的思维深度。如今，有人正以其更加开阔的视野提出了"环渤海生态经济圈"的概念，其中涉及上海、江苏、山东、辽宁等省市的沿海城市、环渤海相关城市，以及朝鲜环渤海地区和韩国环渤海地区。在全球化时代，这样的"经济圈"视野也给地域性文化研究提供了指向清晰的现实路径。其实，文化元素与经济元素一样，都是在流动交融中勃发生长，它们必然是互为依存、互相借力和互注动能的。

我想，无论是否遮蔽或者轻忽，那份静水流深的仁厚与包容、辽阔与博大，其实早已融入了我们绵延不绝的文脉传承之中。当我们以其更加开阔的文化视野、敏锐的新闻思维和感性的文学呈现方式，去再现丰厚悠远的江海文化，无疑能让人获得一种全新的认知空间——那是包容万汇的生命因子，那是生生不息的文化脉动，那是独领风骚的精神标识。

在慎终追远中，我常常小心地捡拾散落在不同区域的地方史志、文学和诗歌中的关联“碎片”，然后用现代意识烛照的微光，去探微寻幽抽丝剥茧，再以与时俱进的价值“丝线”将其串联扩张，进而呈现出被岁月淹没的一系列场景与故事，让人们从中感悟出一脉相承的文化源流和代际绵延的深厚“养分”。这本散文集力图呈现的就是那些流逝在岁月时空中的“江海交响”。

俯仰江海，期待未来。如今中国正在拥抱一个宏阔的海洋时代，希望有更多的人能把关注的目光投向这里，去深入开掘丰沛的江海文脉传承，进而滋养中华民族勃发的思想包容力、科技创新力和文化引领力。

目录

海岸线，
生长的自然史诗

我的思绪，飞扬在苏北那一片逶迤的海陆岸线之间。

行走在苏北沿海，蜿蜒的海堤是一条通途，更是一道风景。信步海堤之上，面朝大海，迎风而立，远望迅即而过的飞鸟群阵，聆听滩涂深处的潮汐回声，你能体悟到大海澎湃的心跳与悠长的呼吸。

在中国蓝色版图上，黄海无疑是最具独特禀赋的一片海域。它没有南海清澈宜人的湛蓝，没有东海嶙峋山石的厚重，却有吐纳江河的气度，浩瀚博大的雄浑，丰富共生的包容，孕育着不断生长的空间，滋养了绵延千年的沿海文明。

千万年来，黄海海岸线留给我们的是一个渐行渐退的身姿，它的身后却是绵延生长的万顷田畴，是一座座拔地而起繁华喧嚣的城市。

穿越遥远的时空，审视黄海漫长逶迤的海岸线，它曾经离我们很近。

在浩瀚的黄海与广袤的苏北陆地之间，有着一道道穿越时空自然进退的古滨线，古地理学家们称之为“贝壳砂堤”。它是大自然生态系统变迁的历史见证，也是海洋潮汐滋养人类的自然记录。

二十世纪九十年代，专家们先后在涟水陈家沟、连云港与阜宁等地的考古中发现，在苏北海陆之间分布着四条“贝壳砂堤”；他们从小牡蛎和其他沉积物的提取物的检测结果中，揭示了历经万年海陆架演变的自然信息。

在距今 15 000 年左右的末次冰盛期，黄海的古岸线即已退却到现在的陆架边缘。距今 7000 年至 6500 年，随着全球变暖，冰川融化，海平面上升，从渤海湾西部到苏北中部，再到上海地区一带，一场蓄积已久的全新世大海侵终于爆发了。

我们可以遥想那场惊天动地的历史场景：烟波浩渺的黄海显露出逆天的狂野，以其不可阻挡的洪荒之力荡涤着一切。天地之间，海啸狂涌似狼奔豕突，浊浪滔天如万雷轰鸣，一切鲜活的生物瞬间都葬身于漫天浑浊的泥沙之中。一次次冲击，一波波坚守，在斗转星移中大海与陆地的拼杀终于渐趋平静，而浪潮退后留下的各种贝壳，则沉积为第一道贝壳砂堤。正是这次海洋深处的怦然悸动，苏北沿海的岸线由此大致发育成形：自赣榆绕过中云台，经灌云，再过灌南、涟水，从建湖的西岗至海安、泰州、扬州一线。

黄海有其自我的生命和生长律动。在距今 5500 年至 3100 年，海平面频繁升降，使得海侵事件频发，此后在不同时序中沉积的另外三道贝壳砂堤，也分别给我们勾画出海洋与大陆架渐次演变的进程。其中，里下河地区就是在大海侵中沉没为一片浅海，历经几千年的岁月更替，它又蜕变为河汊密布的一汪淡水湿地。

布封在他著名的《自然史》中说：“大自然是与物质、空间和时间共存的，所以它的历史也就是所有物质、所有地点、所有时期的历史。”是的，这其中有多少激变在人类有记忆之前就已发生了，又有多少变迁被我们完全遗忘了！

如果说3000多年前黄海的岸线迁移，更多的是靠着海河之间内在的运行力量，那么人类“无序”行为所造成的破坏性“蝴蝶效应”，则要远甚于大自然的“海侵”事件。其中，最大的人祸莫过于三次“以水代兵”的战争，即1128年的人为黄河决堤、1194年的黄河阳武决口夺淮和1938年的花园口炸堤。

《尚书•禹贡》记载：“导淮自桐柏，东会于泗、沂，东入于海。”纵观中国古代的水系，发源于河南桐柏山的淮河，流经安徽北部，在盱眙以下，与来自北面的沂、泗水汇合，经淮阴、涟水到云梯关外入海。而当时扬州的“贡道”，则“沿于江、海，达于淮、泗”。另据记载，早在春秋时期，周敬王三十四年（前486）秋，吴筑邗沟，“渠水首受江，北至射阳入湖”。周敬王三十八年（前482），吴王夫差北上黄池会盟时，越军曾从沿海北上驶入淮水，出其不意地断了吴王归路，这是一次智慧而又成功的军事奇袭。

进入十二世纪，频繁的战争终于打破了黄河与淮河之间的水系平衡。南宋建炎二年（1128），东京留守杜充曾借黄河决堤，企图以黄河之水阻遏金人南下，结果未能阻挡住金人，却开启了人为借力黄河决口的恶例。

金章宗明昌五年（1194），黄河在阳武决口。当时的金人统治者也以水代兵，利用黄河的洪水肆意杀人，侵扰南宋，致使暴虐的黄河之水挟带着高原的泥沙，在千里淮北大平原倾泻而下。一时间，泽地千里，满目疮痍，无数的支流和湖泊或被淤浅，或被荒废。在黄淮合流的冲击下，洪水四处泛滥，苏北淮阴以下入海河道被夷为平地。让金人统治者料想不到的是，他们残暴的权力"任性"，却引发了一场绵延千年的"蝴蝶效应"：由此次黄河决口引发的水系和生态环境的重大变迁，使千里淮河开始了长达七百多年的无穷水患，一万多亿吨黄沙的倾泻淤积，直接改变了淮河水道的走势，也使黄海海岸线在巨大的外力作用下向大海深处推进。

1938 年，"人祸"再次重创淮河水系。5 月 31 日，日军逼近开封。6 月 1 日，蒋介石决定"以水代兵"，下令在花园口炸堤。6 月 9 日，黄河之水汹涌而出，沿着贾鲁河、颍河直泻而下，泛滥南流，沿河 16 个县尽成泽国，500 多万人被迫外出流亡。花园口决口后，连续九年洪水泛滥成灾，波及淮河下游豫、皖、苏三省 66 个县，致使 1200 多万人流离失所，大约有 89 万人死亡。人为的水患，形成了触目惊心的“黄泛区”，再次将一百多亿吨的黄沙沿淮河下游倾泻入海，直接影响了黄海岸线的又一次迁移。

不过黄河夺淮入海，带来的巨量泥沙，汇同长江带来的大量泥沙，在黄海自身拥有的特殊辐聚潮流的影响下，逐步形成了一片片广袤的淤泥质滨海湿地。这些湿地兼具陆地与海洋的“双重”特征，同时也拥有了“双倍”的资源禀赋，成为珍贵而稀有的“自然之肺”。也许这是大自然在给人们以“警示”之后，又给予的另一项“馈赠”。

这片湿地植被繁茂，天然的港汊河沟纵横，潮长海阔，潮落滩现，成为飞禽走兽栖息群聚的乐园。二十世纪末，考古学家在泰州兴化市林湖乡发现的“南荡文化遗址”和“影山头遗址”中，曾发掘出许多麋鹿角亚化石，其年代在距今约 6000 年至 5500 年，这表明这里曾是麋鹿最早的栖息地。长腿高挑、翩翩起舞的白鹤被称作是地球上 6000 年的“活化石”，而早在春秋时代，江苏如皋就有了“鹤鸣九皋”的传说。“梅妻鹤子”是宋代沈括在其《梦溪笔谈》中所记载隐士林逋隐居杭州孤山的故事，这个传说表明宋代就有了成功驯化野鹤的案例。《盐城县志》载：“清乾隆十二年（1747），鹤出没海港芦苇深处。”

春夏，万顷芦苇，摇曳一片绿海；秋冬，满目绛红的盐蒿延展天际，犹如天然的地毯。这里野鸭群集，带动片片“云烟”；云鹤起舞，鸣叫九天之外。獾窜兔跑，獐跃鹿奔，激起万鸟飞鸣，那是一幅众禽嬉戏、烟云万千的生态画卷。

二十世纪八十年代初，江苏在这里建立了沿海滩涂自然保护区，如今区内有各类动物 1539 种，其中国家一级保护动物 14 种，二级保护动物 84 种，共记录有鸟类 416 种，丹顶鹤、白头鹤、东方白鹳都在这里越冬嬉戏。

2019 年 7 月 5 日，中国黄（渤）海候鸟栖息地（第一期）申遗成功，成为我国首例滨海湿地类世界自然遗产。

今天，我们打开这一部自然演进的历史序章，不能不格外地心存敬畏：透过千年岁月，我们看到了人与自然搏击抗争的铿锵足迹，也从中听到了大自然无情惩罚的长啸悲鸣。人类对自然的无序妄为和过度攫取，终将由自己所面临的灾难来偿还。

随着人类依海而进，自然生态环境也在被日渐改变：一条条河道不断地被疏浚开挖，区域中的自然水系一次次被人为地改道；川流不息的长江挟带着上游的泥沙滚滚而来，黄海区域的自然生态体系正在不堪重负中被日渐侵蚀……

地理学家认为，河流是搬运陆源泥沙的主要动力，对相邻的海岸海洋沉积动力有巨大影响，中国河流汇入海洋中的泥沙曾占全球入海泥沙的 10%。权威研究显示，中国长江年输沙量高达 4.78 亿吨。专家们通过对 1950 年至 1998 年的重点水文站实测来水来沙资料分析发现，水沙呈现递减趋势，是近几十年来黄海造陆面积不断减少的重要原因之一。

海岸线的迁移，在年复一年、日复一日地推进着。我们在一座座崛起的城市中，在一个个历史久远的名胜古迹中，依然可以遥想当年黄海的波澜壮阔，从中感知到海水浓浓的咸涩滋味。

扬州临江，也曾通海。《惟扬志》记载："吴王濞开邗沟自扬州茱萸湾通海陵仓及如皋蟠溪，此运盐河之始。"这使扬州有了从今天的扬州市湾头镇（茱萸湾），向东经泰州市海陵区（海陵仓），再到南通市如皋东陈家湾（如皋蟠溪）的一条人工运河。其时的吴国区域，东临黄海、东海，南抵浙江，西接安徽，北达山东。而古运盐河的开通，是吴王刘濞令天下亡命之徒用"牢盆"煮海水制盐，最早发现和带动盐业繁荣的肇始，自此，扬州与黄海的联系也更加密切。

泰州古称"海陵"，还建有"望海楼"。该楼初建于南宋绍定二年（1229），曾被誉为"江淮第一楼"。如今海水早已远退，而"望海"之名犹在。在宋人的笔记里也曾有"在盱眙候潮"的故事，当时的海潮可以由云梯关入淮河，上溯到盱眙。海潮的涛声虽已消失，那一份记忆却依然鲜活。

2007年，人民日报社原总编辑、范仲淹第二十八世孙范敬宜先生在其《望海楼重修记》中慨然感叹：“古之海天，已非今之目力所及；而望海之情，古今一也。望其澎湃奔腾之势，则感世界潮流之变，而思何以应之；望其浩瀚广袤之状，则感孕育万物之德，而思何以敬之；望其吸纳百川之广，则感有容乃大之量，而思何以效之……”

我想，渐行渐远的海岸线，是沿海人的幸运与希望，又何尝不是海洋深处孕育千年变动的又一次轮回？在大自然宏阔的世纪章回中，我们还远未能读懂它变动不居的内在规律，未能真正洞悉它的深奥密码。

海岸线，那是一部不断生长的恢弘丰厚的自然史诗。

羽山，
千古叩问

深秋，寒风刺面。位于江苏省连云港市东海县与山东省临沂市临沭县交界处的羽山，在色彩斑斓中弥漫着一片荒凉的孤寂。

伫立广袤的田野，仰望这座仅有 269.5 米高的山，我禁不住思绪纵横奔涌，连接千载。

打开《尚书·舜典》和《山海经·海内经》，我们看到一个铁血般的记载：舜“殛鲧于羽山”，“洪水滔天。鲧窃帝之息壤以堙洪水，不待帝命。帝令祝融杀鲧于羽郊”。

千百年来的考证，人们都把目光投向了这里——羽山。华夏民族最早肩负抗洪重任的英雄何以会有如此的人生悲剧？如果说刚正蒙冤是鲧留给历史的千古表情，那么我们又该如何仰望他化为传说的生命姿态？

一

茫茫荒原，洪水奔突，浊浪滔滔，一片汪洋。

庄稼淹没了，房屋冲塌了，人们扶老携幼，四处奔逃，流离失所，许多人不是被淹死，就是被饿死冻死。悲惨的人类苦苦哀求天帝，祈求他斥退洪水，但是天帝对此毫不理会。天神鲧看不下去了，他命神鸟去偷窃能阻止洪灾的息壤，让神龟将息壤驮到大地。于是，汹涌的洪水逐步退却。天帝闻知此事勃然大怒，收回了息壤，洪灾又一次次侵袭而来。

这是《尚书·尧典》《山海经·海内经》等诸多历史典籍为我们呈现的远古时期华夏部落遭遇逆天水灾的悲惨场景，以及鲧治水失败的曲折历程。

《孟子·滕文公》载："当尧之时，天下犹未平，洪水横流，泛滥于天下。""当尧之时，水逆行，泛滥于中国。"

中国大地上的大江大河几乎都是从西向东滚滚奔腾，只有当洪水与倒灌的海潮相遇，才会出现"横流""逆行"之状。多年来地理学家们对第四纪研究的成果印证了这一远古的记述。

洪水神话是世界性文化母题，从诺亚方舟到鲧禹治水，人类的生存无不与海洋的变迁息息相关，而东西方则有着相似的演绎传说。

专家们认为，距今8000年至6000年，新石器时代最后一次冰期爆发，冰川融化，洪水涌入大海，海平面上升，于是黄海海侵事件频发，而此时大致正处于尧舜的统治时代。

空前的水患给黄河下游及淮海平原众多部落带来了前所未有的巨大灾难，如何治理水患成了他们首要的生存选择。

于是，部落联盟的首领尧不得不在四岳部落中急切地求荐治水能人，而民主举荐却出乎他的意料。“尧求能治水者，群臣四岳皆曰鲧可。尧曰：‘鲧为人负命毁族，不可。’四岳曰：‘等之未有贤于鲧者，愿帝试之。’于是尧听四岳，用鲧治水。”（《史记·夏本纪》）

鲧有着显赫的身世。“禹之父曰鲧，鲧之父曰帝颛顼，颛顼之父曰昌意，昌意之父曰黄帝。”（《史记·夏本纪》）鲧建国于崇，号崇伯。他是黄帝的重孙，更是一位能臣。

“四岳举鲧治洪水，尧以为不可，岳强请试之……”（《史记·五帝本纪》）在尧明确反对的情势下，四岳首领们为何还要坚持起用鲧？它至少表明鲧有过人的治水能力，同时也拥有一定的威望。

传说中的尧，曾设谏言之鼓，让天下百姓尽其言；立诽谤之木，让天下百姓攻其过。可当生存危机袭来之时，心胸开阔的尧为何容不下刚正的鲧呢？

洪水肆虐，人心涣散，别无良策，以民选的姿态举荐能人，自然是当政者转嫁现实危机的一种策略。

面对尧的质疑，鲧有舍我其谁的担当，他要以行动回报四岳合力举荐的信任。

众多史籍中都有记载，鲧有过共工治水失败的先例。鲧与共工都生活在洪水肆虐的时代。凭借其丰富的治水经验，共工曾被众部落首领举荐负责治水：“共工之王，水处什之七，陆处什之三。”（《管子·揆度》）在“帝尧之时，遭洪水滔滔，天下沉渍，九州阏塞，四渎壅闭”（《吴越春秋·越王无余外传》）的境况下，共工最后只能以失败而告终。

鲧决心要使自己站立成一道坚固的堤坝，构筑起一座抚慰人心的城堡。

那是雄心勃勃、奋力进取的九年，是殚精竭虑、舍己为人的九年，是万苦不辞、百折不挠的九年。在经历了许多不可言说的艰辛与苦难之后，鲧以其累累业绩站立在了历史深处。

“鲧堙洪水”“筑堤壅防”，他引领各个部落去填土修堰，构筑堤坝；“鲧作九仞之城，以降洪水”（《史记·五帝本纪》）；“鲧筑城以卫君，造郭以守民，此城郭之始也”（《吴越春秋》）。他这么做不仅为抗洪提供了庇护所，也在巩固和防守中开了先河。

也许是鲧太急切了，在未经天帝准许的情况下，就擅自动用神庙、祭台中的大批金属礼器，熔销后锻打成各种防洪急需的工具，修堤筑坝的效率固然是提高了，但是因此引起了天帝的猜忌和震怒。鲧在面对漫天洪水的威胁时，竭尽全力地去构筑堤坝、筑城安民、聚民防洪、拨粮赈灾，其作用是不应被低估的。这些治水的善举直到今天仍在发挥着重要作用，他为自己的儿子大禹治水留下了可贵的经验和教训，更为人类的文明进步积累了宝贵的启示。

然而，现实是残酷的。鲧需要应对的不只是自然灾害的危机，还要面对因部落联盟“权力禅让”而带来的内部斗争。不知退让和隐忍的鲧，显然缺少应对的能力与智慧。

鲧与尧舜的矛盾日趋尖锐，其积怨和不满还是爆发了。“尧以天下让舜。鲧为诸侯，怒于尧曰：‘得天之道者为帝，得地之道者为三公。今我得地之道，而不以我为三公。’以尧为失论。欲得三公，怒甚猛兽，欲以为乱。比兽之角，能以为城，举其尾，能以为旌。召之不来，仿佯于野，以患帝。舜于是殛之于羽山，副之以吴刀。”（《吕氏春秋·恃君览·行论》）

这种亦人亦神的记叙固然传神，其真实性却令人难以信服，词语之中所隐含的褒贬更是一目了然。

另一种记述坦率而又直接：“尧欲传天下于舜，鲧谏曰：‘不祥哉！孰以天下而传之于匹夫乎？’尧不听，举兵而诛，杀鲧于羽山之郊。”（《韩非子·外储说右上》）

远古时期部落联盟领导权的禅让制度，曾被后世无数文人墨客赞誉膜拜。然而，那只是人类的美好愿景而已。在被禁一千多年后因人盗墓而发现的一部奇书《竹书纪年》中则有另一种记述：“昔尧德衰，为舜所囚也。舜囚尧于平阳，取之以帝位。舜放（流放）尧于平阳。舜囚尧，复偃塞丹朱，使不与父相见也。”这就是说，舜帝是用非常手段取代尧帝位置的，也给人们提供了另一个观察视角，即鲧直言反对舜继位，使得他们之间的矛盾尖锐而不可调和，于是舜在囚禁尧时借其名而杀了鲧，并不惜篡改历史。若此，不难推想，在那些貌似义正辞严的历史叙事背后，其实掩盖的是为圣者隐讳的欲盖弥彰，是用铁血手段彰显帝威的冷酷无情。

鲧刚正直言挑战帝命的性格、固守一己的认知与执念，决定了他无力回天的结局。他最终只能融入羽山的羽渊，进而凝聚成一部令后人慨叹的悲剧传奇。

二

在幽远的历史叙事中，鲧的形象一直游走在亦凶亦贤、亦人亦神之间，并成为大禹成功治水的背景与反衬。

人们为何对鲧这位远古人物产生如此截然相反的评价，从哪些细节中我们才能探寻到应有的历史真相，在这些亦贬亦褒的描述中，谁又能触摸到这位先贤刚正耿直的心灵?

最早对鲧的冤案提出质疑的是诗人屈原。

春秋战国时的楚王相传是颛顼的后裔，而屈原与楚王则为同宗，因而在《离骚》中屈原自称是颛顼的后人。正是因为有了这层同族者的特定身份，才使得这位行吟泽畔、气吞声悲、感同身受、肝肠寸断的诗人，念念不忘先贤鲧的悲愤，他在《天问》中以其问天问地的方式遥搼尧舜：

“鲧不胜任治洪水，众人为什么还推崇？大家都说不必担心，何不考察一下再任用？鸱龟首尾相接似堤坝，鲧为什么就照样施行？他顺从人心想把洪水治好，天帝为何还要对他加刑？尸体长久被丢弃羽山，为什么三年不腐完好如生？”“洪水如渊深不见底，怎样才能将它填塞？天下土地肥瘠九等，怎样才能划分明白？应龙如何以尾画地，河海如何流通顺畅？什么使鲧意乱，什么使禹事成？”

屈原有着与鲧相似的人生经历。他曾深得楚怀王的倚重，位为左徒、三闾大夫，之后则又被疏远，直至被流放，因而他更能理解鲧被诬陷的遭际。这些发问无不振聋发聩，令人心潮难平。

在《离骚》中，屈原又借助女媭的口吻对鲧直言：“鲧婞直以亡身兮，终然殀乎羽之野。汝何博謇而好修兮，纷独有此姱节？”用今天的话说就是鲧太刚直不顾性命，终被杀死在羽山荒野。你又何必事事直言，爱好高洁，独自保有这美好的节操？！

屈原为其哀叹与不平，令人铭感五内。

自古以来，刚正不阿的人总是遭人谗言，知难而进的人常常没有善报，护佑苍生的人难逃悲剧下场。被误解、被冤屈、被放逐，最终被杀死羽郊，这是鲧无法逆袭的人生宿命。

纵观历史，对鲧有许多截然相反的多元评价，从中我们可以窥见其背后的价值取舍和人心所向。

有的认为鲧背叛天帝，恃才傲物有贪心，是态度凶恶之人，并将其喻为“四凶”。《尚书·洪范》曰：“昔鲧堙洪水，汨陈其五行，帝乃震怒……鲧则殛死。”逆者，为其抵触、背叛之意。《国语·周语》云：“其在有虞，有崇伯鲧，播其淫心，称遂共工之过，尧用殛之于羽山。”这里的淫心，是指邪乱的思想与贪心。《左传·文公十八年》亦称：“舜臣尧，宾于四门，流四凶族，浑敦、穷奇、梼杌、饕餮，投诸四裔，以御魑魅。”梼杌，别名傲狠，通常被用来比喻顽固不化态度凶恶之人。《史记·五帝本纪》曰：“颛顼氏有不才子，不可教训，不知话言，天下谓之梼杌。”这里的梼杌就是指鲧。据《史记·五帝本纪》记述：帝鸿氏之不才子“浑沌”、少皞氏之不才子“穷奇”、颛顼氏之不才子“梼杌”，以上合称“三凶”，再加上缙云氏之不才子“饕餮”，合称“四凶”。

不顺从尧帝，就被放逐，就被称为“四凶”，唯有如此才能自圆其杀死鲧的正义性。

一些典籍的记载虽然掩盖了鲧被殛羽山的历史真相，天下苍生却记住了他明知不可为而为之的舍己精神。正因为此，人们才将他的含冤而死赋予了许多神异的色彩，留下了一系列神化他的传说。

《国语·晋语八》曰："昔者鲧违帝命，殛之于羽山，化为黄能，以入于羽渊。"《左传·昭公七年》云："昔尧殛鲧于羽山，其神化为黄能，以入于羽渊。"羽渊一名"羽池"，东有羽山。《山海经》曰："黄帝生骆明，骆明生白马，白马是为鲧。"《汉书·地理志》曰："羽山在祝其县东南。殛鲧于羽山。鲧既死，其神化为黄龙，入于羽渊。"《字林》曰："能足似鹿又为鳖类，东海人祭禹庙不用熊白及鳖为膳。"东海人把传说作为自己祭奠的禁忌。

东晋王嘉所作《拾遗记》中的描述则更为传神：

> 尧命夏鲧治水，九载无绩。鲧自沉于羽渊，化为玄鱼。时扬须振鳞，横修波之上，见者谓为"河精"。羽渊与河海通源也。海民于羽山之中，修立鲧庙，四时以致祭祀。常见玄鱼与蛟龙跳跃而出，观者惊而畏矣。

崇伯鲧死后化身为黄能（熊）、黄龙、白马、三足鳖、玄鱼等，无论怎样变化，它都是永生不死的神异灵物，是令人敬畏又能护佑人类的水神。

唐代诗人元稹在《遣风二十韵》中说："历阳旧事曾为鳖，鲧穴相传有化能。"宋代洪炎也在其诗《坐上呈师川有怀驹父》中坦言："欣逢白鹤归华表，更想黄能出羽渊。"

在广袤的羽郊，在有水患的地方，民间世世代代都把鲧和禹当作水神。他们立庙祭祀，铭记他们的功德，敬仰他们的崇高精神，这就是人心所向。

三

审视远古华夏治水的壮阔历史，鲧与禹是不可分离的。他们既是父与子关系，又是治水失败与成功的结合体。

《山海经·海内经》云："禹鲧是始布土，均定九州。"

《韩非子·五蠹》载："中古之世，天下大水，而鲧禹决渎。……今有构木钻燧于夏后氏之世者，必为鲧禹笑矣。"

显而易见，在这些典籍评价中，鲧禹父子是同为治水的英雄与功臣。如果说鲧是禹成功实践的背景与衬托，那么禹则是鲧心系苍生舍己担当精神的传承与升华。

人类治水实践证明，面对滔滔水患，疏导和围堵本就应该因时因地而异，两者互为依存，不可偏废。鲧与禹艰苦卓绝的治水实践，彰显出人类不懈求生的本能与生存智慧。而禹的形象正是在与鲧的对比中，在亦人亦神的传说异化中，表现得更为多维和人格化，因此也更为真实感人。

相传鲧被杀死在羽山，尸体三年不腐。有人用吴刀剖其腹，禹就从中跳出来了，而鲧的尸体则化为黄龙飞走了。在扬雄的《蜀王本纪》中，则有“禹生石纽”之说。这些传说无不寄托着鲧禹父子都有着非同寻常的禀赋的愿望罢了。

砥砺成长的禹，要比父亲鲧更能顺应现实之变，他自觉地把父亲的人生悲剧切换成自我激励的内生动力。鲧死后多年，当舜再次征求大臣们谁能治退洪水时，他们又一次推举了禹。他们认为，禹虽然是鲧的儿子，但是德行能力都比他父亲强多了。他为人谦逊，待人有礼，做事认认真真，生活也非常简朴。舜也没有因他是鲧的儿子就轻视他，二十一岁的禹就被舜帝授司空（负责治水、垦荒）之职。禹临危受命，也没有因为舜曾经严厉处罚自己的父亲就嫉恨在心，欣然接受了这一重任。

人们通常习惯以“围堵与疏导”来区别鲧与禹治水理念的差异，其实禹比鲧拥有更为开阔的眼界和整体规划布局的能力。

治水不能局限于一隅一地一域，而需要把山山水水当作一个整体来分而治之。禹根据山川地理特征，将中国分为九个州：冀州、青州、徐州、兖州、扬州、梁州、豫州、雍州、荆州，然后循序渐进，分而治之。

他先治理九州的土地，该疏通的疏通，该平整的平整，使得大量土地变成沃土；再治理大山，如岐山、荆山、雷首山、太岳山、太行山、王撘山、常山、砥柱山、碣石山、太华山、大别山等；再后，就是理清水系、贯通水脉，长江以南的太湖一带、长江以北的大多数河流都留下了大禹治理水患、疏导河流的足迹。

治水的过程是力退水患的过程，更是利益调整的过程。其中涉及上下游之间、不同部落之间、天帝与子民之间的种种矛盾，禹在治水中十分注重维护和均衡各方的利益。司马迁在《史记》中称赞他是励精图治的能手：行山表木，导九川、披九泽、通九道、度九山，考察九州的土地物产，规定了各地的贡品赋税，指导各地朝贡的方便路径，并在此基础上，按河流划定了五服界线，使华夏大地形成了“众河朝宗于大海，万方朝宗于天子”的统一安定和欣欣向荣的大好局面。

禹比鲧更能凝聚上上下下的力量。“帝乃命禹卒布土以定九州”，如果说鲧的治水是在没有得到天帝的支持下擅自而为，那禹决定治水从一开始就赢得了天帝的认同。禹带领伯益、后稷和一批助手，跋山涉水，风餐露宿，走遍了中原的山山水水，许多穷乡僻壤、人迹罕至的地方都留下了他们的足迹。许多天神知道后都愿意帮助他一起治水，伏羲送禹一幅八卦图，河神冯夷送禹一幅河图，甚至连帮鲧偷息壤的神龟和应龙也来助阵，真所谓“得道者多助”。

禹先后治水十三年，历经万难，舍身忘我。治水期间，禹身先士卒，带领部下翻山越岭，蹚河过川，拿着测量工具，测度地形的高低，精心规划水道。他走遍各地，逢山开山，遇洼筑堤，以此疏通水道，引洪水入海。庄子曾借墨子之口称赞说："昔者禹之湮洪水，决江河而通四夷九州也，名山三百，支川三千，小者无数。禹亲自操橐耜而九杂天下之川，腓无胈，胫无毛，沐甚风，栉疾雨，置万国。"（《庄子·杂篇·天下》）相传禹患有半身不遂症，后步跨不过前步，只能勉强跳着走路，宛如巫师作法事，被称为"禹步"。他因长年风吹日晒，肤色黝黑，瘦骨嶙峋，尖嘴猴腮。就连他的妻子涂氏见到丈夫变成如此形象，也在羞愧逃避途中变成了石头。

"禹，吾无间然矣。"孔子慨叹说，禹这个人呀，我找不到非议他的地方啊！司马迁说："禹勤沟洫，手足胼胝。言乘四载，动履四时。娶妻有日，过门不私。九土既理，玄圭锡兹。"（《史记·夏本纪》）

"达己达人，天下为公。"人类总是在不断应对重大自然灾害的进程中，激发生存智慧，拓展认知视野，进而携手砥砺成长的。安澜天下的英雄，终于在历史的跌宕中开启了一个崭新的夏王朝，使华夏民族步入了"家天下"的时代。

鲧和禹，父志子承，前赴后继，勠力同心，艰苦卓绝。没有鲧的试错和失败，就不会有禹的颖悟与成功。他们造福苍生，赢得了天下黎民的归心爱戴；他们迎难而上，为人类的生存提供了智慧参照；他们的卓绝传奇，如同日月闪耀在浩茫的历史天空，成为华夏民族绵延不绝的精神源流。

四

羽山，其名美而富有诗意，令人遐想。《禹贡·曾氏注》中说："羽山之谷，雉具五色，因以羽名。"

山花烂漫，野鸡成群，华丽的羽毛闪耀其间，远处则是宏阔的大海。透过这些画面，我们可以感知远古先民对大山的赞美之意溢于言表。

以"羽"命名一座山，也与少皞部落的图腾崇拜密切关联。《左传》中记载了郯国国君郯子出访鲁国时的一段对话场景："昭公十七年秋，郯子来朝，公与之宴。昭子问焉，曰：'少皞氏鸟名官，何故也？'郯子曰：'吾祖也，我知之……我高祖少皞，鸷之立也，凤鸟适至，故纪于鸟，为鸟师而鸟名。'"郯子介绍说，其祖先少皞氏即位时凤鸟正好来到，所以就从鸟开始记事，设置的各部门长官都用鸟来命名。由此可知，原始氏族社会的东夷部落是以鸟为图腾的，而羽山正位于其时的郯国境内。

遥想当年，史前的羽山应该位于大海之中，到隋唐时还濒临海边。唐初著名诗人崔国辅在其《石头滩作》诗中给我们描绘了羽山临海、波涛拍岸、渔舟竞发的壮阔景象：

> 羽山数点青，海岸杂光碎。离离树木少，漭漭湖波大。日暮千里帆，南飞落天外。

由此推想，当年尧帝把鲧流放羽山，其实就是要使他远离权力中心，在一座杳无人烟的海上荒岛独自悔过啊。

如今远眺羽山，其形如同“山”形笔架。山下，昔日波涛拍岸的大海渐行渐远，早已退隐在百里之外，因华丽羽毛而闻名的雉鸡已难觅踪迹，而传说中的羽渊则早已成了碧波粼粼的水库，只有丰饶的田畴延展天际。山腰处，东峰“三缝石”迎面而立，悬空约十米，三道整齐的劈缝令人为之震撼，相传这就是祝融杀鲧试剑时留下的。再往上，抬头可见一只栩栩如生的巨大石龟临空而居，仿佛在翘首望海。

登上羽山山顶，举目向东又见一座独立的山。从山顶处俯视，可见其石形如王座上卧伏着的一头勇猛狮王，它昂首东方，蓄势待发，山谷中似乎仍在回响着它惊天动地的吼声。向下十多米，移步换景，人行石变，平望此石又恰似一位傲然独立闭目仰天的巨人，那刚毅悲凉的面影使人联想到壮志难酬的鲧，似在沉思悔过又似在仰天长叹。再往下走，眼前的石峰又为之一变，仰望其状如同一位躬身颔首形体飘逸的仙人，即将凌空踏云而去。

我想，这神奇的“三变石”不正是羽山之魂吗？它似乎在向世人昭示鲧的人生三重境界：奋力治水时，他犹如一往无前、目空一切的狮王；治水失败时，仰天长叹是他独有的生命造型；而飘逸成仙的身影，则是他鲜活在百姓传说中的永恒定格。

往事千年，世道变迁；羽山无语，默然而立。它经历了沧海桑田，见证过千年奇冤；它目睹过夏王朝的兴衰，也给我们留下千百年来因无数次战乱带来的印记。羽山南坡曾有过的鲧庙、禹王庙、三官庙，如今只留下一些残垣旧迹。我们何时才能让这座神话之山，彰显出它深广的历史内涵和丰厚的文化价值？

羽山长青，英雄永在。鲧殛羽山，是一个传说，又何尝不是一座丰碑？

透过千年岁月，我仿佛看见那个力挽狂澜的孤独灵魂，那个慨然担当的伟岸身影，依然站立在苍茫无际的天地之间……

始皇的海洋迷思
与方士们的局

大海浩渺，惊涛拍岸，波诡云谲，缥缈如幻。

公元前 219 年，秦始皇面对壮阔的海洋做出了一项重大决策：命方士徐市组成一支航海船队，带着三千童男童女以及工匠、技师、谷物种子再度出海，寻访传说中的蓬莱、方丈、瀛洲三座仙山，祈求长生不老药。

庞大的船队载着人们的无限期待驶向大海深处。信奉鬼神而又狂热痴迷神仙的秦始皇，在海边苦苦等待了三个月后不得不怅然离去……

始皇的海洋迷思，以及由此而风靡的求仙风尚，却给中国带来了绵延千年的历史回声。

祈福神佑的东巡

公元前 222 年，秦始皇统一天下的第二年。

秦国启动了一项宏大的交通工程——修筑“驰道”。为世人倍加瞩目的是，这些“驰道”都是以国都咸阳为中心，向四面八方伸展开去，其宽度还真有点像当下快捷畅达的高速公路。

《汉书·贾邹枚路传》记录了这一交通工程的宏大场景：（秦）“为驰道于天下，东穷燕齐，南极吴楚，江湖之上，濒海之观毕至。道广五十步，三丈而树，厚筑其外，隐以金椎，树以青松。”

所谓“驰道”，就是能够驰马通行的大道，把秦国故地与原六国境内的旧道修筑连接起来，并加以扩建。秦国驰道在平坦处，道宽五十步（约今 69 米），路面由铁椎夯打牢固，高出地面呈龟背形，所形成的坡度有利于排水。为了便于计算道路里程，驰道两旁每隔三丈（约今 7 米）栽一棵树，或青松或槐柏，绵延间隔，壮观秀美。驰道为三车道，中间为皇帝专用，两旁则为旁行道，可供吏民使用。

修建中的驰道多达 9 条——有出今高陵通上郡（陕北）的上郡道，过黄河通山西的临晋道，出函谷关通河南、河北、山东的东方道，出今商洛通东南的武关道，出秦岭通四川的栈道，出今陇县通宁夏、甘肃的西方道，出今淳化通九原的直道，等等。修建如此密度的驰道，可见人力、物力和财力投入之巨，其基建规模十分宏大。这一交通基础的改善，为秦始皇此后进行全国性巡视，奠定了坚实的外部条件。汉代人记录在驰道上驾车半日可以飞驰 200 里以上，这于当时是十分惊人的速度。处在公元三世纪的条件下，这无疑是震惊世界的一项工程。

公元前 219 年，秦始皇开启了他的第二次东巡。与第一次巡视秦人祖先故地不同，这一次，他把目光投向了位于东方的齐鲁与吴越之地。

吴越和齐鲁，依山傍海，商业繁荣，经济发达。有一种说法认为，秦始皇东巡是因为东南有天子气，他担心吴越之地的人会谋反，所以才动身南下。而当时的实际情形是，齐国是六国中最后一个被灭掉的国家，秦政权在这里的统治还十分薄弱，人们亡国的仇恨和不满的情绪无疑是不可轻视的潜在危机。

秦始皇来了，他要体察民情，宣德扬威，安告天下，使万民在精神上臣服，这是他统一天下后最大的政治考量。

秦代盛行多神崇拜，秦人认为各地的山山水水无不有神的存在。于是借助东巡之际，秦始皇一路祭祀天地，拜山川鬼神。对国运风水之说，秦始皇更是笃信不疑。

《史记·封禅书》曰："昔三代之（君）【居】皆在河洛之间，故嵩高为中岳，而四岳各如其方，四渎咸在山东。至秦称帝，都咸阳，则五岳、四渎皆并在东方。"

秦国崛起于西方，这是其根基所在。但是从国之风水布局看，四渎五岳又都在东方，这对巩固其皇权的统治是极为不利的。如何才能既不向东迁都，又能得到东方诸神的护佑呢？

秦始皇开启了宏阔的战略谋划，"遂东游海上，行礼祠名山大川及八神"。他想以东巡，达到"常奉天地名山大川鬼神可得而序也"的神圣目的。《史记·封禅书》载："天下名山八，而三在蛮夷，五在中国。"这里所说的"三在蛮夷"的名山，便是后来传说的海上"三神山"。由此，我们就能理解秦始皇在其执政的十二年中，为何会有四次东巡齐鲁和吴越之地的内在动力了。

这是一次漫长的旅程——先去烟台、胶南，再沿东海到了海州、徐州，又南下安徽，渡淮河，后到河南，车辙又碾过湖南长沙等地，终从陕西商县回到咸阳。

用车辙丈量足下的国土，是异常辛苦的。途中时常“逢大风”，遇“水波恶”，甚至“风雨暴至，休于树下”，还要承受“为盗所惊”等风险。为了一统江山，秦始皇夙兴夜寐、朝夕不懈，以致“至以衡石量书，日夜有呈，不中呈不休息”，恪守着事必躬亲、勤政不怠的风范。

东行途中，每到一地他都要举行祭祀活动，登泰山而封禅，“过彭城，斋戒祷祠”“浮江，至湘山祠”“行至云梦，望祀虞舜于九疑山”“上会稽，祭大禹”，他感恩神灵助他一统天下，祈求各方神灵护佑他的万世基业。

秦始皇每隔两年就要出巡一次。他在出巡中做出了许多重大决策，比如“使将军蒙恬发兵三十万北击胡，略取河南地”，并修建长城，从而奠定了中国统一多民族中央集权国家的基本格局，等等。这些都体现出秦始皇杀伐果断、冷面铁血、目光长远的性格特质。

向往海洋的迷思

常年驰骋在广袤陆地的帝王，还是被浩瀚无边的海洋深深地吸引与震撼了。

第一次东巡的秦始皇，“登琅琊，大乐之，留三月”。

他真有点乐不思蜀了。东巡大海，正逢夏季，变幻莫测的天际时常有海市蜃楼出现，如幻如梦的仙境转瞬即逝，令人为之神往。于是各类传言四起，在那些缥缈的神山上，所有的宫殿都是用黄金白银做的，连禽兽都是白色的。

黑格尔说：“大海给了我们茫茫无定、浩浩无际和渺渺无限的观念，人类在大海的无限里感到自己无限的时候，他们被激起了勇气，要去超越有限的一切……”

面对浩阔神秘的海洋，秦始皇被激发出的则是超越自我生命的无限欲念。

在琅琊，随行的宰相李斯奉命以其“画如铁石，字若飞动”的小篆，为后人留下了《琅琊台刻石碑刻铭文》：

> 维二十八年，皇帝作始。端平法度，万物之纪。以明人事，合同父子。圣智仁义，显白道理。东抚东土，以省卒士。事已大毕，乃临于海。皇帝之功，勤劳本事。

这段文字的叙述，显露出秦始皇君临天下后的自得、自信与自励：“普天之下，抟心揖志。器械一量，同书文字。日月所照，舟舆所载。皆终其命，莫不得意。应时动事，是维皇帝。”（《史记·秦始皇本纪》）

东临大海的他，要把自己的为政志向昭告天下，他要让千万臣民在精神上臣服于他：“皇帝之明，临察四方。尊卑贵贱，不逾次行。奸邪不容，皆务贞良。细大尽力，莫敢怠荒……皇帝之德，存定四极。诛乱除害，兴利致福。”（《史记·秦始皇本纪》）

在一统天下的始皇眼中，东海自然是其辖下的“皇土”：“六合之内，皇帝之土。西涉流沙，南尽北户。东有东海，北过大夏。人迹所至，无不臣者。功盖五帝，泽及牛马。莫不受德，各安其宇。”（《史记·秦始皇本纪》）

古之东海地域广阔，秦国东边的大海皆称东海。只有关注海洋、探寻海洋，才能经略海洋，进而实现“各安其宇”的治国目标，这是秦始皇“大略驾群才”应有的志向与抱负。这在《吕氏春秋·为欲篇》中也有过清晰的表达：“会有一欲，则北至大夏，南至北户，西至三危，东至扶木，不敢乱矣。”“扶木”就是“扶桑”，即后来所说的日本。如果我们将其与《琅琊台刻石碑刻铭文》彼此印证，是不难得出这样的共同认知的。

千古一帝秦始皇，长得“蜂准，长目，鸷鸟膺，豺声，少恩而虎狼心，居约易出人下，得志亦轻食人”（《史记·秦始皇本纪》）。这是秦朝军事家尉缭眼中的始皇形象，似乎并没有一个帝王所拥有的那种器宇轩昂的外表。人们从中推测，嬴政可能患有鸡胸、气管炎之类的毛病。

他一路东巡，每到一地都要祭祀天地，求神护佑一统天下的万世基业。同时，他又备受身体不适的折磨，时时显露出内心的焦躁与渴望。

人生无常，生命短暂。正当盛年的始皇，已经实现了天下人期盼了数百年的统一，即所谓“功盖五帝，泽及牛马”。他是始皇，为秦国一世，子孙为二世三世，如何才能将这一统天下的秦国传之万世呢？

此前，他已经推动了声势浩大的造陵、修驰道、修长城、修阿房宫等浩大工程，如今他在许多方士的蛊惑下，逐渐沉迷于海洋的神秘力量。他下定决心要借助东海，寻求自己的长生不老。

后人细心统计过，秦始皇当政期间先后五次出巡中有四次巡行东海，而在沿海的时间又占了他四次出巡时间的一半。这些表明秦始皇有着对海洋的向往和敬畏，更有着对海洋充满幻想的无限期待。

方士们的局

秦始皇住在琅琊，社会各界闻风而动。

之罘、琅琊、成山等地，是当地方士们活动的中心。他们各展所能，力求走近秦始皇，以引起他的注意。

知名方士徐市与人联手，精心设计着一个弥天大局。

司马迁在《史记·秦始皇本纪》中，记录了那个被传播千年的历史场景：

> 齐人徐市等上书，言海中有三神山，名曰蓬莱、方丈、瀛洲，仙人居之。请得斋戒，与童男女求之，于是遣徐市发童男女数千人，入海求仙人。

徐市等上书，显然不是一人，而是一群。这是一次极具心机的建言，至少它迎合了秦始皇探寻海洋、经略海洋的宏大志向。

徐市何人？司马迁没有明说，人们也常常因此忽略了他的特殊背景。

据传他是“谋圣”鬼谷子的学生。传说中的鬼谷子特别长寿，其门生众多，相传有苏秦、张仪、孙膑、庞涓、范蠡、商鞅、李斯、张良等，无不赫赫有名。徐市借助老师神机莫测的巨大名望，自己又拥有揣情摩意、纵横捭阖的能力，相信自己定能说服始皇。于是，他要放手一搏。不仅如此，他还当起了秦始皇与鬼谷子之间的联系人。

梁元帝萧绎撰写的《金楼子》卷二《箴戒篇》记载：秦始皇曾向鬼谷子先生讨求长生不老草，“神洲之上有不死草，似菰苗，人已死，此草覆之即活。秦始皇时，大苑中多有枉死者，有鸟如乌状，衔此草坠地，以之覆死人，即起坐。始皇遣问北郭鬼谷先生，云东海瀛洲上不死之草，生琼田中”。正是因为与徐市恩师鬼谷子的特殊关系，秦始皇“因遣徐市入求玉蔬金菜，并一寸葚”。

燕人卢生也是蛊惑秦始皇访海外仙山、求长生不死药的高手。这在客观上与徐市互为策应，形成推波助澜之势，为求仙运动营造出浓厚的外部舆论生态。

《史记·秦始皇本纪》载：“三十二年，始皇之碣石，使燕人卢生求羡门、高誓。刻碣石门。”“因使韩终、侯公、石生求仙人不死之药。”

此时的秦国，有的只是“千人之诺诺”的氛围，早已没有了“一士之谔谔”的空间。而当谎言借助迷信和帝王的威权，并被不断地重复和放大，虚幻也就成了真实的存在。

再后来，“始皇巡北边，从上郡入。燕人卢生使入海还，以鬼神事，因奏录图书，曰‘亡秦者胡也’”。于是，始皇使将军蒙恬发兵三十万人北击胡，略取河南地。直至“三十四年，适治狱吏不直者，筑长城及南越地”。

今天，人们已经很难想象，秦始皇修筑长城这样的重大决策，竟然也是来自卢生假借“神示”的诱导。

秦始皇企图以自己的威权驾驭方士，结果反而被方士们一次次精心的说辞所蛊惑，进而沉迷其中不能自拔。

天有不测风云，有时人越是担心什么，偏偏就来什么。秦王政三十六年（前211），秦国接连发生了三起怪异事件。

这一年秦国出现了百年难逢的奇异天象。“三十六年，荧惑守心”（《史记·秦始皇本纪》），即为土星、火星和天蝎星座的“心宿二”恒星“三星一线”。古人认为，火星荧荧似火，行踪不定，因此称为“荧惑”，它的出现意味着战争与灾祸。与此同时，还有一颗流星坠落东郡（在今河南濮阳），有人发现石头上居然还刻写了七个字，“始皇帝死而地分”。秦始皇得知这一消息后，立即派御史到陨石坠落的地方逐户盘查，结果没有一个人承认，为此他勃然大怒，下令将陨石坠落地附近的居民全部处死，同时焚烧了刻字的陨石。

然而，令人恐惧的怪事又一次出现了。秋天，朝廷的使者从关东连夜行路，走到华阴的时候，有人手里拿着玉璧拦住他说：“请帮我把这块玉璧送给云水神滈池君。”接着又对他说："今年祖龙死。"说完这个人就不见了。

使者手捧玉璧回到皇宫，把这件事报告了秦始皇，秦始皇非常惶恐。原来这块玉是秦始皇的宝贝，十年前他渡江巡游时，为祭祀水神投入江中，为何十年后又被这个神秘的人给送回来了呢？祖龙是指谁，是自己还是祖先？秦始皇百思不得其解。但是他侥幸地认为，祖龙就是自己的祖先。

这些怪异事件不仅加剧了秦始皇对死亡的恐惧，也更加激发了他疯狂求仙的内心冲动。

信奉鬼神的秦始皇命人占卜，得卦"游徙吉"。这是说出行和迁徙方可避灾大吉。秦始皇于是下诏把京城三万多人迁徙到北河、榆中地区，并给这些动迁户赠了一级爵位；同时于秦王政三十七年（前 210），又开始了大规模的出巡。

一场场膜拜的求仙活动在皇权专制的秦国开展得轰轰烈烈。秦始皇在一次次海上求仙而不得的情况下，下令在长安的兰池中造蓬莱、方丈、瀛洲三山。"始皇都长安，引渭水为池，筑蓬、瀛，刻石为鲸，长二百丈。"（《三秦记》）其迷恋之深，祈求之切，可见一斑。

上有所好所盼，方士们就有了设局借力的"支点"。徐市正是以此才敢一而再，再而三地去游说秦始皇，进而把这一精心策划的"迷局"进行到底。

秦王政三十七年，秦始皇率领人马最后一次出巡东海，一路经会稽（今浙江绍兴），过吴地（今江苏苏州），从江乘渡（今江苏句容北），并海上（从海上乘船）北至琅琊（今连云港市赣榆县北），莅临水天一色的东海之滨。在《史记·秦始皇本纪》中，我们知道此次秦始皇还做了一件事："于是立石东海上朐界中，以为秦东门。"

朐县是秦始皇统一六国后，首次在朐山侧分封的县。"立石东海上朐界中"，经考证，其地理位置就在今天连云港的东西连岛，古称"鹰游山"，连岛以东即为黄海。而将此地谓之"秦东门"，无疑从一个侧面印证了浩瀚的海洋在秦始皇心中的分量，但是在徐市们的鼓吹附和之中，秦始皇已经迷失了自我而不自知。

徐市为此再次求见秦始皇。九年前第一次入海求仙药，花费了巨额钱财而未果，该如何向秦始皇交代呢？他找了一个借口把这弥天的谎言继续下去：因大鱼阻拦未能成功，请求配备强弩射手再次出海。

他不愧为鬼谷子的门生，深通"计事者务循顺"的顺从心理，让秦始皇相信他是这个世界上最懂他又最能为他着想的人。

秦始皇又一次相信了徐市自编的说辞："自以连弩候大鱼出射之。自琅琊北至荣成山，弗见。至之罘，见巨鱼，射杀一鱼。"徐市再度率众出海，这就是《史记·淮南衡山列传》中记载的“秦皇帝大说，遣振男女三千人，资之五谷种种百工而行。徐市得平原广泽，止王不来”。

徐市以其周密的谋划，最终得以带着三千童男童女远游海外，一去不还。而秦始皇则带着无限的期待与渴求，不幸突患重疾，病死在东巡的途中。可悲可叹的是，秦始皇绝没有想到，他的尸体置于车中，被赵高秘不发丧，做起了灭其帝国屠其子孙的大文章。

隐秘、离奇、迷幻、惊险、畅想，最好的设局总是扑朔迷离、匪夷所思的。海外寻仙，千年无解。

徐市的“海隐”，与他的师兄范蠡“隐于市”，以及后来的师弟张良“隐于野”，其实都是一脉相承的。

南宋祖元和尚为了逃避元代的统治，也东渡到了日本。他曾在祭徐市的诗中写道：“先生采药未曾回，故国山河几度埃。今日一香聊远寄，老僧亦为避秦来。”祖元把自己去日比作徐市避秦。日本新宫市徐市墓碑文也写道：“盖徐生之避秦……”

在极权暴力的政治生态下，“远隐”无疑是避祸的唯一选择。不过与其师兄师弟不同的是，徐市则是以一种奇幻的方式，让历史记住了始皇的迷思与荒诞，也记住了他的巧谋与睿智……

任性权力的历史回声

大海、仙山、仙境、仙人，亦真亦幻，极真极幻。

秦始皇做出寻找仙山、祈求长生不老药的荒诞决策，从表面上看，似乎是他刚愎自用的性格悲剧；而从深层次看，这又何尝不是农耕文化对海洋意识的一种隔膜与迷思？

秦始皇拥有冷漠铁血的扩张性与侵略性，而在面朝大海时却变得如此温情浪漫起来，这种极大的反差在漫长的历史中为何会被人们轻忽呢？

远古的黄海带给人们的是神秘莫测与危险恐惧。炎帝的小女儿女娃，到东海游玩，却不小心被淹死在大海里，后来她变成了一只精卫鸟，不屈地衔着西山的树枝和石子，用来填塞东海。这就是上古与海洋有关联的神话传说“精卫填海”。后人曾附会炎帝作歌：

> 精卫鸣兮天地动容，山木翠兮人为鱼虫。娇女不能言兮吾至悲痛，海何以不平兮波涛汹涌。愿子孙后代兮勿入海中，愿吾民族兮永以大陆为荣。

这个碎片化的传说，传递出的是古人对海洋的不屈抗争，而其中又蕴含着对海洋的畏惧与对陆地的深深依恋。

春秋战国时期，在漫长的黄海岸线上，曾有许多小国，比如齐国、鲁国、徐国、郯国、吴国、楚国等。在中国历史上，这个时期是诸子百家的鼎盛期，也是可与古希腊文明竞相辉映的历史时期，不过人们对海洋的理性认知几乎普遍缺失。这些都为徐市以及卢生们传播海外有仙山的奇幻故事，形成了封闭隔绝的有利条件。

放眼同时期外部的地中海文化圈，却能够使我们打开认知海洋的另一个维度，进而审视到截然不同的海洋文化生态与自由开放的海洋意识。

从地理上看，地中海是欧、亚、非三大洲的交通枢纽，拥有天然的开放性，因而有人戏称它为“上帝遗忘在人间的脚盆”。地中海沿岸海岸线曲折、岛屿众多，拥有许多天然良好的港口，从古代开始海上贸易就很繁盛。随着财富的不断集聚，地区性战争频仍，强者征服、疆域扩张和残酷屠杀，成为文明迭代的主要动力。法国著名历史学家布罗代尔曾说，埃及的黄金和美索不达米亚的青铜催生了地中海文明，高山的蛮族入侵贯穿于整个地中海史。频繁的战争也带来了跨地域、跨文化的交融，并形成了包容与尊重兼蓄的宗教与文化生态。

这里还有壮阔的自然风光：壮丽的群山，裸岩层叠的山坡，厚重的绿色松林，这些都使广袤的海面显得更为湛蓝，明亮的日光弥漫其上，使这幅美景具有不可思议的魔力。这些也使地中海的人们具有了开阔的视野、豁达的胸襟以及主张自由奋进、崇尚探险的民族性格，并形成了坦然面对死亡、追求不朽的生死观念。

相比之下，秦朝时期的黄海，处于辽阔陆地的边缘，其漫长的海岸线又与外部世界处于天然隔绝状态。由于商业经济与贸易的落后，在漫长的岁月中，这里并未形成能够吸引人们集聚的城市，而人们信奉的农耕文化却在主导着沿海几千年来的生存理念。沿海岸线曾有过许多小国，它们先后爆发过多次战争，但是其频度与烈度，则都远不如地中海文化圈。

秦始皇统一六国之后，强行推行文字、度量衡、律法的统一，多元的文化生态遭到致命的暴力扼杀。“对任何社会而言，暴力都是社会的决定力量，谁掌握了暴力，谁就主导了社会。暴力集中于个人或家族手里，就是独裁；暴力掌握在异族手中，就是殖民；暴力掌握在少数封闭的秘密社团手中，就是恐怖极权。”（杜君立《历史的细节》）以研究“文明的冲突”而闻名于世的亨廷顿也曾比较说：“古希腊是民主制度的故乡，古中国是官僚制度的故乡。”不能不说，官僚制度和极权统治的形态自秦朝起就已凝固，并绵延千年。

从秦始皇打开求仙长生这一“潘多拉”魔盒之后，代际传承的无数帝王内心中就都有追寻仙山祈求长生的狂热欲望，却并未意识到让开放的海洋文明融入这片陆地的深远意义。

此后的故事，则几乎成了无数帝王们任性求仙的荒诞史。

汉武帝是步秦始皇后尘最为突出的一位。他是中国封建王朝中最杰出的君主之一，奠定了汉王朝强盛的局面，使得汉王朝成为中国封建王朝第一个发展高峰，但是他又处处效仿秦始皇，求仙的狂热是有过之而无不及。

据《史记·孝武本纪》记载，元封元年（前 110），汉武帝到泰山行封禅大礼，听信一些方士“蓬莱诸神山若将可得”的蛊惑，“乃复东至海”，以“望冀遇蓬莱”。他曾听信一位“敢为大言”的栾大蛊惑，拜其为五利将军，让其佩四颗金印：天士将军、地士将军、大通将军、天道将军。封栾大为侯，赐甲第、童仆千人，还有车马、帐帏、器物等，并将自己的一个女儿许配栾大，公主出嫁时仅黄金就带去万斤。武帝自己还亲临栾大府第，他派出慰问、送礼物的使者，络绎不绝。

痴迷求仙的汉武帝大兴土木，兴建了一座宏大的建章宫太液池。“其北治大池，渐台高二十余丈，命曰太液池，中有蓬莱、方丈、瀛洲、壶梁，象海中神山、龟鱼之属。”（《史记·孝武本纪》）《三辅黄图》卷四曰：“太液者，言其津润所及广也。”这座太液池占地达 10 顷，是渠引昆明池水而形成的一个范围宽广的人工湖，湖中建有神话传说中的三山，石雕大鱼浮于悠悠烟水之上，水光山色，相映成趣。据说，在池的北岸曾有人工雕刻而成长 3 丈、高 5 尺的大石鲸，西岸有 6 尺长的石鳖 3 个，另有各种石雕的鱼龙、奇禽、异兽等。岸边满布水生植物，平沙上禽鸟成群，意趣盎然。汉昭帝为此作歌云："黄鹄飞兮下建章，羽肃肃兮行跄跄，金为衣兮菊为裳；唼喋荷行，出入蒹葭，自顾菲薄，愧尔嘉祥。"

不同场景的荒诞剧连绵不断地上演着，有时令人匪夷所思。武帝四十六岁那年冬天，他先是到桥山黄帝冢祭祀黄帝。第二年的 3 月，礼登太室山，据说从官在山下听到有叫"万岁"的。下山后，武帝即直奔东海，当地的百姓也如痴如狂，"上疏言神怪奇方者以万数"。尽管"无验者"，武帝还是不断增加船只，命令自称见到过海上神山的几千人，出海去求所谓的蓬莱仙人。于是，一个皇帝带着他的大臣们，以及无数的百姓，翘首伫立海边，希望看到蓬莱仙山与仙人。

到了东汉，楚王刘英"喜黄老（道教），学为浮屠（佛教），斋戒祭祀"。汉明帝下诏给刘英："楚王诵黄老之微言，尚浮屠之仁祠，洁斋三月，与神为誓……"楚王刘英是汉光武帝刘秀庶出的儿子。可惜的是，这位信奉道教和佛教的楚王，最后却因谋反罪名，死于非命。

并非只有他们。幽暗的人性，任性的权力，愚昧的痴迷，续写着一个个荒诞不经的历史章回。

梁武帝四次出家，大臣们为了给他赎身，花光了国库的钱，最后引发侯景之乱，被活活饿死；宋徽宗赵佶，尊信道教，大建宫观，自称教主道君皇帝，并经常请道士看相算命，他多次下诏搜访道书，设立经局，整理校勘道籍，政和年间编成的《政和万寿道藏》是我国第一部全部刊行的《道藏》。此外，他还下令编写了“道史”和“仙史”，可见其痴迷之深。

明朝嘉靖皇帝朱厚熜是一位有作为的皇帝，同时也是一位特别信道教、敬鬼神的皇帝。他要全体臣僚都要尊道，尊道者升官发财，敢于进言劝谏者轻则削职为民，枷禁狱中，重则当场杖死。他迷信丹药方术，苦炼不老神丹，大量征召十三四岁的宫女，采补她们的处女经血，炼制丹药。为保持宫女们的洁净，她们经期时不得进食，只能吃桑叶，喝露水，后引发宫女弑君的“壬寅宫变”。后幸得未死，从此移居西苑，设醮炼丹，养生修道，二十余年不回大内上朝。毛泽东评价他：“炼丹修道，昏庸老朽，坐了四十几年天下，就是不办事。”

孔子说：“未知生，焉知死。”当这些帝王们失去了追求生命澄明和不朽的人生目标，幽暗的灵魂必然会走向虚幻与虚妄。从遥望大海的无限畅想，到背向大海的自我封闭；从豪情勃发的虚幻浪漫，到迷恋现实的世俗淫靡；从延续生命的深刻敬畏，到走向欲望的肆意放纵，一切都已事与愿违。

是的，看上去不可一世的帝王们，在幽闭自大的陆地文明中，时常将荒谬的人生推到极致，最终莫不沦为荒诞可笑的行尸走肉。不能不说，正是他们的愚昧和任性，严重误导了社会的价值取向，影响了风靡不绝的社会习尚，阻滞了人们走向超越死亡、追求永生的澄澈境界。

秦始皇一度探寻海洋的开放之风，终究没能吹开中国厚重封闭的陆地门户，而千百年来求仙长生不老的意念，则早已渗入到人们的心灵深处，虽历经朝代更替却依然绵延不绝。

孔子望海
与千年文化奇山

一个人的一次虚心“问官”，一次畅意情怀地望海，被载入史册，被铭记大山，由此演变成一段经典的历史“掌故”。这样的文人雅事就发生在连云港的孔望山，而这个故事的主角则是春秋时代的郯子与孔子。

一

中国第一部叙事详细的编年体史书《左氏春秋》里，记载了鲁昭公十七年（前525）秋，郯子前往鲁国朝见鲁昭公，再现了鲁昭公虚怀若谷、不耻下问的场景。

郯国是春秋乱世中位于黄海边上的一个东夷小国，一度也是鲁国的附属国，鲁国还把公主嫁给了郯国国君，两国的关系自然是相当融洽的。鲁昭公在宴请郯子时向他询问说：“少皞氏用鸟名作为官名，这是什么缘故？”

“他是我的祖先，我知道。”郯子侃侃而谈。

鲁昭公提到的少皞氏，名挚，己姓，相传是黄帝的长子。他出生于穷桑（今山东省曲阜北），建都于曲阜，是远古东夷族首领。周武王统治时期实行“分封制”，少皞氏的后裔便被分封到郯地，称郯国。

郯子解释说：“从前黄帝氏用云记事，所以设置各部门长官都用云字命名。炎帝氏用火记事，所以设置各部门长官都用火字命名。共工氏用水记事，所以设置各部门长官都用水字命名。太皞氏用龙记事，所以设置各部门长官都用龙来命名。我的高祖少皞挚即位的时候，凤鸟正好来到，所以就用鸟记事，设置各部门长官都用鸟来命名。”郯子如数家珍，娓娓道来，“凤鸟氏，就是掌管天文历法的官。玄鸟氏，就是掌管春分、秋分的官。伯赵氏，是掌管夏至、冬至的官。青鸟氏，是掌管立春、立夏的官。丹鸟氏，是掌管立秋、立冬的官。祝鸠氏，就是司徒；雎鸠氏，就是司马；鸤鸠氏，就是司空；爽鸠氏，就是司寇；鹘鸠氏，就是司事。这五鸠，是鸠聚百姓的。五雉是五种管理手工业的官，是改善器物用具、统一尺度容量、让百姓得到平均的。九扈是九种管理农业的官，是制止百姓不让他们放纵的。自从颛顼以来，不能记述远古的事情，就从近古开始记述，做百姓的长官而用百姓的事情来命名，那已经是不能照过去办理了”。

郯国“鸟”官的建制设计，周密严谨，层级分明，内蕴着深广的治国理念。满座宾客听到郯子这一番旁征博引，无不为其渊博的学识所折服。

此时，年方二十六岁的孔子正在鲁国做个小官，志向远大的他听说这件事后，迫不及待地前往郯子的住处，向他请教“少皞之国”的官制建置等方面的学问。见到这位博学闻名的年轻学子如此虚心好学，郯子也很受感动，于是毫无保留，倾囊相授。长了见识的孔子不禁对人感慨："天子失官，官学在四夷啊！"这就是历史上著名的"孔子问官于郯"，也是韩愈《师说》中"孔子师郯子"的由来。

一次晤叙，一次求教，成就了一段流芳百世的佳话，自然是源于郯子博学孝贤的盛名和孔子虚心问学的胸怀。

二

郯子是郯国的一国之君，更是名扬四方的孝子。

"周郯子，性至孝。父母年老，俱患双眼疾，思食鹿乳。郯子乃衣鹿皮，去深山，入鹿群之中，取鹿乳供亲。猎者见而欲射之。郯子具以情告，乃免。"元代郭居敬辑录的《二十四孝》中"鹿乳奉亲"的故事，展现的就是这位郯子至孝的感人形象。

孔子对郯子的崇敬和胸怀天下的执念，并未因各自的离别而释怀。《论语》中记载，孔子认为东夷不同于南、北、西"三方"，有"仁贵之化"，注重礼仪，他坦言要带弟子子路到东夷居住。

孔子周游列国时，来到了郯国。在郯国游学之余，孔子专门登上了郯城东南三十里的一座山，去畅意观海。

他，需要一次心灵放逐，需要一次情绪宣泄，需要与壮阔的海洋无语对视，那是他推行大道的希望所在。

在《论语》的一段对话中，我们感知到了孔子志在天下苍生却壮志难酬的悲凉与无奈："子曰：'道不行，乘桴浮于海。从我者其由与？'子路闻之喜。子曰：'由也好勇过我，无所取材。'"这是孔子发出的感慨：既然大道不能行于世间，我想乘着木筏漂到海外去。正如后人在《论语正义》中所解读的那样：孔子"浮海居九夷，仍为行道。夫子忧道之切，未尝一日忘诸怀矣"。

孔子周游列国的身影渐行渐远，带走的却是胸中难以涤荡的无奈与块垒。

郯国人读懂了圣人，记下了这一重要的历史"瞬间"。他们将其所登之山称为"孔望山"，峰顶石楼为"望海楼"。明代海州刺史张峰在考证孔望山的由来时写道："孔子问官于郯子，曾经登山望海，世传其崇山峻岭为孔望山。"

山，还是那座山；海，还是那片海。就因为孔子的一次畅意登临，引入了绵延后世的文脉之源，由此滋养了中国文化史册上一座盛名远播的千年奇山。

三

春秋时期，郯国的疆域有多广呢？相传北抵琅琊，南至长江，东临黄海，西接徐州，只是后来沦落了。如果以此审视，今天连云港的赣榆部分、东海大部分、新浦部分地区都在郯国境内，而孔望山正在其中。

“山不在高，有仙则名。”孔望山东临大海，南面和北面是陆地，东西长 800 米，南北宽 300 米，海拔高度 123 米。这里树木丛生，风光独特，景色怡人。自孔子登临之后，此山名声四起，代际回响，绵延不绝。

文人墨客们来了，他们步着圣人的后尘，纷纷将自己的游历感悟镌刻在这里的山石之上，以期与圣人一样不朽。

无数的宗教信徒们来了，他们要把顶礼膜拜的佛主和羽化不老的神仙雕刻在这里开示众生，祈求现世的福寿安康。

于是在这里形成了文化传播史上前所未有的“叠加效应”。

及至东汉时期，孔望山又一次“石破天惊”。一项浩大的文化工程“摩崖石刻造像群”又被选址在这里。

这组摩崖石刻造像群，位于孔望山南麓西端的断崖上，分布在东西长 18 米，上下高约 8 米的区域内。造像有三种：浮雕造像、小龛内的线刻画像和附属于浮雕造像的台座和灯碗。总体看，造像群由饮宴图、叠罗汉图，还有佛教的涅槃图、舍身施虎图及佛像、菩萨弟子、力士和供养人构成整个画面。浮雕造像共有 89 尊，其中道教的汉装人物像 4 尊，分别为老子及其供养人、关令尹喜和黄帝。属佛教人物造像共 85 尊，主要为佛经故事，核心是位于造像中央偏下部的“涅槃图”，共由 46 尊人物图像组成，中心人物是高浮雕的释迦牟尼仰身卧像。其中，最大的高 1.54 米，最小的仅 10 厘米。在专家看来，这些造像的雕凿技法也具有鲜明的汉画像石的特色。凹雕、凸线雕、浅浮雕、高浮雕、通体浮雕、阴线刻等雕凿技法，都在造像中得到充分运用和发挥。1980 年，权威人士鉴定后，确认这是东汉时期佛教内容的造像，它比敦煌莫高窟还要早两百年。专家认为，孔望山摩崖石刻，是我国迄今为止发现的最早的一处佛教摩崖造像。

除了造像群这一宗教遗迹外，在造像群东南侧不远处有一汉代高大石象，它体型雄健，神态温善。石象左腹刻脚戴脚铃，手持长钩的象奴。石象四足下，均刻有仰莲一朵。再往南较远处，便是汉代的石蟾蜍。战国秦汉时期直到魏晋，蟾蜍一直被人们视为神物，是辟五兵、镇凶邪、助长生、主富贵的吉祥之物。1984 年，丁义珍先生在考古调查中发现，孔望山东主峰顶两处有东汉至魏晋的道教遗存。一处为“石承露盘”，另一处为“杯盘刻石”，后者位于前者北偏东约15米处。利用“承露盘”收集和餐饮仙露是当时方士和道教常用的求仙之术。

遥望历史，如果说这组摩崖石像群的造像时间是在汉代，那么它恰巧与东汉楚王刘英的喜好有了一种自然的“暗合”。

史书记载，东汉楚王刘英“喜黄老（道教），学为浮屠（佛教），斋戒祭祀”，可谓是佛道兼容，虔诚之至。他的王府就在今邳县一带，离孔望山也仅有百余里之遥。上有所好，下必甚焉。遥想当年，上至楚王下到百姓，竞相祈求长生不老和羽化成仙之道，又该是何等的盛行景象？！

一项如此浩大的文化工程，如果没有朝廷和当地官府的支持，仅靠僧侣自建与民间财力的资助是不可想象的。那么，是谁启动了这一宏大工程，先后经历了多长时间？如此浩繁的工程为何没有史料记载，是人为避讳，还是天灾烟灭？繁复的人物造像范本源自何处？这些栩栩如生的摩崖石刻群像出自哪些工匠之手？那尊在中国艺术史上首次集写意与工笔为一体的庞大石象，是就地取材依石所雕，还是从别处迁移而至？与这项宏大的文化工程相匹配，名山四周是否曾经建有恢弘的庙宇建筑群，它又因何故而毁灭？这些佛教的经典是从何处传入的？是由陆上的“丝绸之路”，还是由海上的“丝绸之路”而来？

大海无语，大山静默。这些历经千年的谜团，至今依然待解。

四

世事跌宕，沧海桑田。

历经 2000 多年的岁月，昔日波涛汹涌的大海早已远去，只有孔望山默然固守。如今它的四周楼群林立，商铺满目，远处的各类工厂亦如雨后春笋般不断生长。孔望山的静默与城市的喧嚣，形成了令人心忧的强烈反差，那些曾经栩栩如生的摩崖石刻群像的面容，在千年风雨的侵蚀中已日渐模糊，它们会在不远的将来消融于一阵阵无形的酸雨之中吗？我们又该如何创造性地保护好这些历经千年的艺术瑰宝，让它恒久地滋养一座快速生长的城市？

黄海人是幸运的，因为我们有了这样一座山，有了孔子一次畅意情怀的游历，才激发出这片海岸世代崇文尚贤的内在自觉，为千年黄海文化的生长与传承，镌刻下不可磨灭的印记。

这是一座文化奇山，它连接起黄海文化的过去与未来。

黄海文化带寻望

宏阔博大的黄海，具有无限的魅力与诱惑，充满着无尽的浪漫与风险。千万年来，它极大地激发了人的想象，也孕育出开放包容的海洋文化。

穿越千年时空，我们惊异地发现黄海岸线的迁移与文化带的孕育，相辅相成，自然交融，许多瑰丽奇异的文化艺术形态在此应运而生，形成了一条多元丰厚的黄海文化带。

一

几年前，我曾去探访过连云港奇异的“将军崖画”。在那些褐色的石头上，以粗率劲直的线条，刻下了一组组羽毛装饰的人面、兽脸、禾苗、太阳图和星象运行图。专家们认为，这些崖画大约距今 6000 年至 4500 年。研究发现，崖画中的人面图案与龙山文化玉器、良渚文化玉器上的兽面纹极为相似，而其中的星象图则被誉为中国最早的“东方天书”，至今尚无人能解读。

纵观历史，这几组“将军崖画”也许正是黄海文化带中生动直观又极具神秘意蕴的文化符号，它让我们把氏族社会末期东夷部落的古老祭祀与黄海文化带的源头“连接”在了一起。

那是一个久远的场景定格。连云港海州锦屏山南麓的后小山西端，草木葱茏，岩石高耸，四周环海，水天一色，涛声拍岸。山头斜坡由几块黑色的崖石组成人形石坛，一群东夷部落的先民在这里“以石为祭”，举行隆重的“社石”祭祀。身着彩衣的巫师，在石坛下跳着巫舞，挥动手中的法杖，为部落里的人招魂祈祷，虔诚地祭拜传说中的地母与天神。

锦屏山“将军崖画”只是连云港丰厚的历史文化遗存之一，真可谓是“山不在高，有仙则灵”。在以将军崖为中心的石棚山、刘志洲山、二涧、蜘蛛山、白虎山等处，人们还先后发现了多处原始先民观测天象的神秘“星象图”。

千年一瞬。它们为几千年来黄海文化带的孕育与发展，植入了奇幻浪漫的海洋基因。以此为起点不难发现，绵延千里的黄海海岸线，同时也是一条令人仰望而又极具地域禀赋的文化长廊。

这里文化形态丰富多元。其中有摩崖石刻、历史传说、名人遗存、宗教名寺、文学艺术等，有着悠长深厚的文脉传承。

这里文坛群星闪耀。有孔子、秦始皇、晏殊、吕夷简、苏东坡、石曼卿、范仲淹留下的传说和诗文，也有植根于这片土地的鉴真、陆秀夫、吴承恩、施耐庵、李汝珍、张謇等一代又一代文化名人，中国四大名著中就有《西游记》和《水浒传》与黄海有着密切的内在关联，它们闪耀在浩瀚的中国历史文化星空中，构成了一道别样的文化景观。

黑格尔说："大海给了我们茫茫无定、浩浩无际和渺渺无限的观念，人类在大海的无限里感到自己有限的时候，他们被激起了勇气，要去超越有限的一切……"审视人类文明史，一切海洋文化无不是人类超越精神的自我彰显与深刻表达。

二

黄海文化带源起何处？回溯历史，古代的郯城与琅琊郡，当是其重要的起点。

从历史地理看，这条文化带与黄海的海岸线交相叠印，北起郯城和连云港（琅琊郡），中经盐城、泰州、扬州，南至南通、上海一线。

从朝代更迭的时序看，郯城和连云港一带近海临海，5000多年前都属于东夷海岱地区，氏族社会末期，这里被称为"东夷"之地，创造了古代东夷的悠久历史和灿烂文化。4000多年前，这里属于中国第一个王朝夏朝；

3000 多年前，春秋战国时期连云港属于郯国；2000 多年前，连云港又属于一统中国的琅琊郡。

相传郯国曾是一个强大的国家，北抵琅琊，南至长江，东临黄海，西接徐州。因郯国附鲁，于是有了“孔子师郯子”的故事。郯子为郯国国君，是中国二十四孝“鹿乳奉亲”故事的主人公。孔子曾以郯子为师。其时二十六岁的孔子，博学之名享誉鲁国，郯子见他如此虚心求教，很是感动，便倾囊相告，由此传为美谈。

孔子的此次问师之行，却让他的名字与一座海拔仅有 123 米高的小山有了千年的关联，这座山就是今天连云港的孔望山。据说孔子来郯国师郯子之时，曾准备向东夷人传播礼乐。孔子兴致勃勃地登上海边的一座山的山顶极目远眺，看到山下海滩上有无数招潮蟹不停地挥动大螯向前爬行。孔子非常惊讶，以为这些螃蟹正在向他挥手致敬。他转身对身边的弟子说，这里连螃蟹都知道礼貌，我还有什么可讲的呢？于是便起身回鲁国去了。此后，这座小山即被冠名“孔望山”。

也许得益于孔子的盛名，孔望山由此成为黄海沿线承载东汉至唐宋等朝代众多文化遗存的名山。

影响黄海文化的并非只有鲁国的孔子。其实，早在春秋时期的齐桓公曾在管仲的辅佐下，大力发展与邻国及周边地区的贸易，“天下之商贾归齐若流水”，“齐冠带衣履天下”。战国时期成书的《管子》中也提到，当年齐国与朝鲜做生意，进口朝鲜的“文皮（有花纹的兽皮，多指虎豹皮）、毤服（即皮衣）”。从中我们能够感知到黄海一带拥有开放、多元和包容的内在“源流”。

在漫长的夏、商、周以及春秋时期，距离黄海几十公里的彭城，曾先后为彭国国都、徐国国都、宋国国都、楚国国都，而沿海一带的战争频仍不绝。

公元前 506 年，吴王阖闾与伍子胥、孙武攻破楚都。公元前 494 年，吴王夫差又降伏越王勾践。吴国成为南方霸主之后，开始北上与齐、晋争雄，郯国又归附了吴国。公元前 414 年，郯国又为越王朱勾所灭。不同时期的统治者必然会带来不同的文化，它催生了黄海文化所拥有的多元兼容的外部生态。

岁月流逝，朝代更替。公元前 221 年，秦统一六国，实行郡县制，改彭城邑为彭城县，同时立海州为朐县。一统天下的秦朝，给黄海文化的发展带来了与内陆文明互为交融的更大空间。

秦始皇先后五次出巡就有四次来到海滨，而其中又有两次到吴楚之地出巡。其间，秦始皇对海洋表现出了特别的关注，并开启了“东抚东土”“乃临于海”的实践。

秦王政三十七年（前 210），是秦始皇最后一次东巡。他率领的人马浩浩荡荡，车仗威严，旌旗猎猎。一路上，他“经会稽，过吴地，从江乘渡，并海上北至琅琊”，莅临水天一色的东海之滨。《史记·秦始皇本纪》据此记载：“于是立石东海上朐界中，以为秦东门。”

朐县是秦始皇统一六国后，首次在朐山侧分封的县。“立石东海上朐界中”，经考证就在今天连云港的东西连岛，古称“鹰游山”，连岛以东即为黄海。而将此地谓之“秦东门”，传递出浩渺的黄海在秦始皇心中重要的战略地位。

与立石之事互为呼应的是沿海一带悄然兴起的求仙活动。

秦始皇跋涉山川，频繁远行，一方面带有宣扬为政恩德的“政治巡游”色彩，体现出他事必躬亲、“朝夕不懈”、“视听不怠”、体察民风民情的勤政风格；另一方面也与秦代普遍盛行多神崇拜的思想有关。秦始皇在各地巡游，必祭祀天地山川鬼神，“遂东游海上，行礼祠名山大川及八神”，祈祷天神护佑其帝王基业。

浩瀚无边的海洋，也让秦始皇滋生出海寻访缥缈的仙山找到长生不老药的欲望，意欲以此永固帝业。于是，沿海一带许多知名的方士闻风而动，千方百计迎合秦始皇的心愿。秦王政二十八年（前219），“齐人徐市等上书，言海中有三神山，名曰蓬莱、方丈、瀛洲，仙人居之。请得斋戒，与童男女求之。”秦始皇应允派徐市率领童男童女数千人，以及已经预备的三年粮食、衣履、药品和耕具入海求仙，耗资巨大。但徐市率众出海数年，并未找到神山。秦王政三十二年（前 215）东巡，到碣石，又先后让燕人卢生、韩终、侯公、石生求仙人不死药。秦王政三十七年（前 210），秦始皇东巡至琅琊，徐市推托说出海后碰到巨大的鲛鱼阻碍，无法远航，要求增派射手对付鲛鱼。秦始皇应允，后徐市再度率众出海。这就是《史记·淮南衡山列传》中记载的“秦皇帝大说，遣振男女三千人，资之五谷种种百工而行。徐市得平原广泽，止王不来”。

秦始皇东巡客观上唤醒了秦人的海洋意识，激发了人们探索海洋的热情。我们且不说徐市的传说虚虚实实，给后人带来诸多争议和无尽的想象，仅仅就他的上书而言却打开了中国人的航海梦想。秦始皇至死也未能寻到不死之药，但是其客观上对黄海的文脉传承产生了深远的影响。由此，我们可以触摸到绵延于黄海文化中奇幻神魔基因的源头。

三

兴起于东汉末年，发展于唐、宋时期的宗教文化，也是黄海文化带中值得瞩目的组成部分。特别是孔望山和花果山，因其独特的山海自然风貌，为我们承载了丰厚多元的宗教文化遗存。

海州石刻，见证了连云港宗教文化的兴衰。

探访孔望山，令人深感惊异。这里有大量以东汉末年的摩崖石刻为代表的宗教遗迹，有大小一百零八尊佛像、罗汉像，以及涅槃图、舍身饲虎图、力士像、大象与蟾蜍等雕像。摩崖石刻中有两位高贵的长者——中国道教中顶礼膜拜的偶像黄帝和老子。从摩崖石刻的整体布局上看，道教处于主尊的地位，而一些佛家菩萨造像则在它的四周展开，构成了一幅佛道共存的玄幻画面。

位于主峰顶上还有东汉至魏晋的道教遗存：一处为“石承露盘”，另一处为“杯盘刻石”，这两处重要的石刻遗迹，高高在上，一览无余，给人以飘然出世之感。这种佛道两教交糅的现象，是东汉时期的特定产物，也成为我国佛道两教和谐共处的独特景观。史学界和佛学界一致认为，孔望山的摩崖造像，是东汉桓、灵帝之际的艺术遗存，溯其历史渊源看，更可能为楚王刘英时期所为。从时间上看，这些摩崖石刻群要早于敦煌莫高窟的壁画和塑像两百多年。

这些佛教又是从何传播而来呢？有专家认为，古海州城自秦汉以来就一直是海、赣、沭、灌地区的政治、经济、文化中心，秦汉时期此地就是能泊数十只商船的开放商埠，从海上来此传播佛教的可能性是很大的。

我们可以换一种视角审视：据史书记载，东汉的楚王刘英“喜黄老（道教），学为浮屠（佛教），斋戒祭祀”“尚浮屠之仁祠，洁斋三月，与神为誓”。一些学者纠结于摩崖上的“胡人”造像，他们何以会呈现在群像之中？其实，我们从《后汉书》可知，刘英在楚国招揽的大量宾客方士中，就有“伊蒲塞”和“桑门”，前者指在俗信徒，后者则是出家的僧人，又叫沙门。东汉时禁止汉人出家，故彭城的桑门僧人应该是来华传教的西域人士。于此，也可遥想当时彭城开放的文化氛围。值得关注的是刘英的奉佛方式，有祠祀这种供奉活动，无疑需要有僧众供佛的处所，以此作为进行偶像崇拜和宗教宣传的场所。《资治通鉴》卷四十五载：“中国始传其术，图其形象，而王公贵人独楚王最先好之。”

刘英在位十九年，在楚国从事宗教活动甚久，无论是其财力还是其佛事水准，都具备了修建规模宏大的孔望山摩崖造像群的基本条件。徐州、邳县、东海郡都是其辖地，都城离孔望山也不过百余里之遥，加之孔望山又是一座名山，自然会成为庞大摩崖造像群的最佳选地。庞大的摩崖石刻，彰显出孔望山在中国宗教史和艺术史上的重要地位。

由东汉至唐、宋、明、清时期，沿海的宗教发展绵延不绝。孔望山还有始建于唐代原名龙兴寺的佛教庙宇——龙洞庵，以及大量当地官吏、文人墨客登临赏游所留下的龙洞庵石刻群。

与孔望山相邻不远的还有声名远播的花果山，唐宋时又称苍梧山。花果山形成于近50万年前的地质建造，现为江苏省最高峰。处于山上建筑群中心的三元宫，雕梁画栋，殿宇森罗，发迹于唐，重建于宋，扩建于明。明万历三十年（1602），神宗皇帝敕封护国三元宫海宁禅寺。康熙三十一年（1692），皇帝御笔书赐“遥镇洪流”匾额，其时香火两万家，可谓恩荣显赫。别具意味的是有两位淮安人与此山结下了不解之缘：一是明万历十五年（1587），淮安人谢淳破家扩建三元宫，奠定了三元宫建筑群的基础；一是明朝嘉靖年间，江苏淮安山阳县的吴承恩写了名著《西游记》。

位于黄海文化带南端的宗教文化，则又是另一种格局与形态了。最有影响的要算扬州的大明寺与唐朝任大明寺住持的鉴真法师。

隋朝仁寿元年（601），皇帝杨坚为庆贺生日，下诏于全国建塔，以供养佛骨。至唐朝，扬州佛教盛行，中外僧人云集，佛寺一度多达三十四所。

唐朝时期有两位著名的高僧，一位是玄奘，他历经艰险去西方取经；另一位就是鉴真，他去东方日本传戒。鉴真十四岁时出家，后赴西京学习，先后从文纲、道岸、弘景律宗名师，二十六岁时回扬州任大明寺住持，至四十五岁时，由他传戒的门徒达四万人，成为江北淮南地区“独秀无伦，道俗归心”的知名高僧。他应日本留学僧圆仁请求，下决心六次东渡，历尽艰辛，终于在天宝十三年（754）携同弟子到达日本。同时，他把佛寺建筑、雕塑、绘画等艺术也传到了日本，开启了中国高僧海外传播宗教的先河，大明寺也成为中日佛教文物关系史上的重要古刹。

从秦始皇相信方士“求仙”的举动，到楚王刘英“喜黄老（道教），学为浮屠（佛教）”的喜好，再到隋朝皇帝杨坚和唐朝皇帝唐玄宗狂热的“信奉”，他们与宗教文化的兴盛有着密切的关联。这种带有浓厚政治色彩的宗教氛围，不只引导了普遍的社会价值取向，也深刻地影响着文化艺术的创作形态。从这个意义上说，宗教文化已深深地融入黄海文化的发展之中，成为其丰沛的营养源流之一。

四

到了明清时期，黄海文化带高峰迭起，《水浒传》

《西游记》《镜花缘》等一批文学巨著的问世成为重要标志，而这些巨著的产生，无不深深地烙上了黄海文化的深厚底色。

纵观经典的文学创作，总是与作者的人生经历、社会环境、人文背景有着千丝万缕的内在联系，也必然浸润着那个时代的社会思潮，反映特定的社会风貌，思考与回应广泛的社会问题。

三位作者都有着相似的经历。《水浒传》的作者施耐庵，泰州兴化人，生于兴化白驹镇（今盐城大丰），十九岁中秀才，二十九岁中举，三十五岁中进士，授任钱塘县事，一年后愤而辞官归里。元至正十三年（1353），白驹场盐民张士诚起兵反元，在平江（今苏州）称吴王，一度聘施耐庵为军师。后张士诚降元，施耐庵屡谏不从，因而弃官去江阴祝塘东林庵坐馆。其间，施耐庵与拜他为师的罗贯中一起搜集、整理北宋末年以宋江为首的一百零八人在水泊梁山起义的故事，为撰写《江湖豪客传》准备素材。元至正二十七年（1367），施耐庵得同乡好友顾逖相助在兴化以东的白驹场购置了田地房产，专心于创作。这期间他还结识了许多农夫和盐民，他们生活中的许多故事，都成了他的创作素材。而宋江被朝廷招降的情节设计，无疑有张士诚起义反元，后又在苏州被迫归降元朝的影射。

《西游记》作者吴承恩出生于淮安府山阳县，祖籍为涟水。元、明时代，涟水北部归属连云港海州。吴承恩大约五十岁才补得一个岁贡生，嘉靖三十年（1551）接任河南新野县知县，后到浙江长兴任县丞等职，嘉靖三十七年（1558），终因受人诬告，“拂袖而归”。《淮安府志》载他“性敏而多慧，博极群书，作诗文下笔立成。爱看神仙鬼怪、狐妖猴精之类的书籍，如《百怪录》《酉阳杂俎》之类的小说或野史”。吴承恩的《西游记》创作，不只汲取了源远流长的黄海宗教文化，还以大量笔墨绘写了海州的掌故与风物，如海上花果山、灌口杨二郎、沙河口、平顶山、人参果……并将唐僧的籍贯由洛阳偃师改成了海州。其实，早在《西游记》成书之前，花果山的水帘洞就已名闻遐迩。在明代顾乾的《云台三十六景》以及张朝瑞等人的游记和各类方志文献中均有详尽生动的描述。洞门前，有明嘉靖二十三年（1544）海州知州王同的“高山流水”题刻，还有“神泉普润”“灵泉”等勒石。后人对此曾有“一部西游未出此山半步，三藏东传并非小说所言”之叹。

《镜花缘》的作者李汝珍与前两位不同，他是外来户，十九岁随兄来到海州并娶同窗的堂姐为妻。李汝珍博学多才，不仅精通文学、音韵等，还精于围棋。其后，除两次去河南做官外，一直居住海州。其间，他因为无钱纳捐，所以一直没能谋个一官半职。嘉庆九年（1804）春，他同妻子一起去盐城大丰的草埝场，看望在此任官的兄长李汝璜，并在那里居住一段时间。自1795年起到1815年，他用二十年时间写成《镜花缘》一书。

《水浒传》《西游记》《镜花缘》这三部作品的人文背景都植根于黄海这片广袤的土地。《镜花缘》是李汝珍在海州地区采拾地方风物、乡土俚语、历史传说及众多古迹而写成的，作品中的许多细节直接取材于他自己的生活。如李汝珍在草埝场时与盐城便仓的卞銮成了忘年交，卞銮是张士诚部将卞元亨的后裔，做过江西高安和四川水宁知县。他家有个牡丹园，里面种的全是“枯枝牡丹”，花分红白二色，主干枯焦，唯开花处是青枝绿叶，十分名贵。卞銮告诉李汝珍，这枯枝牡丹是他的老祖卞济之在洛阳做官时移植回来的。相传当年武则天诏令百花于冬天开放，唯有牡丹不遵旨，于是武则天下令用火将其烤焦，而后又贬往洛阳曹州。李汝珍在《镜花缘》中，专门写了武则天贬牡丹的故事，直接点名“淮南卞仓”。

再如《水浒传》中的宋江起义发生在北宋徽宗时期，据《宋史·徽宗本纪》载：“淮南盗宋江等犯淮阳军，遣将讨捕，又犯京东、河北，入楚、海州界，命知州张叔夜招降之。”《宋史·张叔夜传》载：“宋江起河朔，转略十郡，官军莫敢婴其锋。声言将至，叔夜使间者觇所向，贼径趋海濒，劫巨舟十余，载掳获。”

《水浒传》《西游记》《镜花缘》这三部作品都折射出渴望开放和打破禁锢的祈盼。明朝时张时弛的海禁与清朝日趋严厉的锁国政策，曾经极大地制约了沿海经济和文化的发展，而广袤的黄海区域因为远离政治和文化中心，则拥有涵养巨著诞生的包容空间。无论是《水浒传》《西游记》，还是《镜花缘》，与此前的中国古典小说有了巨大差异：作品呈现的视野广阔宏大，故事的构思神魔奇异，人物的形象豪雄刚健，都洋溢着浓厚的黄海气息，独具开放包容的黄海个性，从中也传递出作者日趋觉醒的海洋意识和深刻的现实批判精神，成为矗立于中国文化史上的又一座高峰。

五

审视绵延千年的黄海文化，我们自然无法回避明清时期实施的海禁与锁国政策，它曾摧残和扼杀了黄海区域的经济发展活力和文化创新活力，也是造成中华民族落伍于世界潮流的主要根源。

明朝的海禁，最早起于明洪武三年（1370），“倭寇山东、浙江、福建滨海州县”，朱元璋下令“罢太仓黄渡市舶司”。此后，朱元璋多次发布“禁外藩交通令”“片板不许下海”，诏令极严。此后，在嘉靖和隆庆年间，又分别宣布解禁，明成祖命郑和七下西洋，一度形成了中国历史上少有的开放盛景。其时，郑和曾以其敏锐的洞察力谏言：“欲国家富强，不可置海洋于不顾。财富取之于海，危险亦来自海上。”

他的远见卓识自然没有激荡起一个王朝应有的回声。

时移世易，清朝的海禁闭关政策先后历经乾隆、嘉庆年间，并一直延续到鸦片战争前夕，比起明朝的海禁无疑是变本加厉了。

与拥有扩张和掠夺特征的西方海洋文明相比，明清时期的海禁与锁国政策，使得黄海沿线的发展只能囿于传统海洋经济和陆地思维的桎梏里，未能在绵延千里的黄海区域形成集聚要素资源的港口经济和临海的门户型城市，中国也因此错失了面向世界的历史机遇。

历史把期待的目光投向了黄海文化带的最南端——南通。

南通东抵黄海，南望长江，“据江海之会、扼南北之喉”，又比邻海洋门户型城市上海。出生于海门常乐镇的清末状元张謇，顺应时势，以其宏阔的开放视野和前无古人的开拓实践，成为黄海文化带上又一标志性峰峦。

张謇身处清王朝崩溃与北洋政府执政的混乱时代。中日《马关条约》签订后，他激于义愤，主张兴实业、办教育，以挽救危亡的中国。他一生创办了20多个企业、370多所学校。其中，1905年，他与马相伯在吴淞创办了复旦公学（复旦大学前身）；1912年，创办医学专门学校和水利专门学校（分别是扬州大学、南通大学前身）、河海工程专门学校（河海大学前身）；创办中国第一所纺织专业学校，并在家乡建立棉纺织原料供应基地，进行近代纺织工业的实践；等等。毛泽东在谈到中国民族工业时曾说："轻工业不能忘记海门的张謇。"其实，又岂止是轻工业呢？

伴随闭关自守，中国早已有海无防，丧失海权，导致了中华民族历经百年的世纪悲怆。而张謇为改变"中国渔政久失，士大夫不知海权"这一现状，创建新型海洋渔业活动，为"兴鱼盐之利""通舟楫之便"的传统黄海文化，注入了"渔权即海权"的现代海洋意识，以自己的开拓实践引导着黄海文化走进一个开放的新世纪。然而，列强入侵的现实注定了他"伟大的失败英雄"的命运，进而化作那个时代一声悠长的叹息。

历史一再证明，海洋文化盛则国强，衰则国弱。今天，当我们以开阔的视野寻望绵延千年的黄海文化，尤其感受到那一份厚重的传承责任，那一份必须肩负起的历史使命。

激荡江海
五千年

千万年来在海退江进的自然进程中，泰州、盐城、南通所在的那片开阔生长的灵性原野让我梦绕魂牵。

“浮于淮泗，浩然天波，海潮喷于乾坤，江城入于泱漭”（王维语），那里起步于汉唐古郡、雄视江海的雄阔气象令我久久神往。

天地悠远，江海苍茫。蓦然回首，穿越千年，放眼宏阔博大的江海原野，我们只能以谦卑敬畏的姿态，去倾听历史深处的文化脉动，去感知它的繁华风韵与沧桑兴衰……

走进文化史的野性精灵

奔腾不息的长江携带着大量泥沙冲积而下，而黄海则以其博大包容的胸怀默默地接纳沉淀一切。在距今约7000年至6000年，古长江口外的成片陆地渐次隆起，后人称它为古沙嘴。在沧海桑田的变迁中，古沙嘴陆地向南发育成长江三角洲冲积平原，如皋、通州由此逐步崛起；东端延入海安、大丰、东台一线，北部则逐渐积淀成里下河的沉积平原。

海天苍茫，江海交汇，潮汐涌动，涛声如雷。那时的江海平原，滩涂广袤，沼泽纵横，芦苇丛生，鸥雁群集，遍地都是野生的红粟。于是，一群群珍兽麋鹿在此捷足先登，丰茂的海陵湿地，成为它们栖息繁衍的乐园。

麋鹿的脸像马，蹄像牛，尾像驴，头顶还有张扬尖锐的鹿角。它们千百成群，在布满沼泽的河汊里掘食草根，静如处子，动如脱兔，极善游泳，不畏海潮江流，拥有旺盛的生命力。还有冬季迁徙而来的丹顶鹤，长腿高挑，羽毛洁白，丹顶鲜红，仪态优雅，引吭九天……

蓝天白云之下，水草丰茂丛中，敏捷雄健的麋鹿群和翩翩起舞的丹顶鹤，构成了江海旷野上一道道灵动的风景。

5000 多年前，海安“青墩人”的脚步也惊醒了这片原野。

这里临海襟江，雨水充沛，日照充足，气候温润，四季分明，利于捕捞和采集狩猎。也许是从东夷部落逐海南迁的先民至此落脚，他们披星戴月，辛勤劳作，“耕而作陶”。

1973 年 8 月，一座距今约 5800 年至 5000 年的“青墩文化遗址”出土，呈现出 5000 多年前那些“青墩人”在这片原野上的生存状态以及融入江海之间的烟火气息。

南通海安县沙岗公社青墩大队为建居民点，在开挖青墩新河河道时，不经意间发现了大量的陶器、石器、骨器和麋鹿骨角、兽骨等古代遗物。此后，专家们又先后采集了大量的玉璧、玉琮、玉坠、玉环等玉器，以及罐、盆、釜、钵、鼎、豆等陶器和大量兽骨化石。

二十世纪末，在泰州兴化市林湖乡人们又发现了“南荡文化遗址”及“影山头遗址”，从中又一次发掘出许多陶鼎、壶、瓮、盆等生活器皿和石刀、锛、凿、骨锥等生产用具。其年代也在距今6000年至5500年，这与海安的“青墩人”大致处于同一历史时期。

在泰州“南荡文化遗址”中，令人瞩目的还有出土的用麋鹿角制成的一件三角形投掷器。在其他出土的麋鹿角亚化石上，则留有古人刻画的神秘符号，“透露”出早期的“南荡人”逐步从狩猎向畜牧化进化的“痕迹”。这次发掘还出土了八千多块陶片，陶片上有渔网纹、水波纹、田螺纹、猪形纹。在一块有“鸟”图的陶片中，古文字学家还考证出“戊”“辰”“未”“辛”四字，古音则与“雁”“鸭”同音。尤其是“鸟图”的发现，使我们看到了它们与远在连云港东海县境内古郯国的东夷部落鸟图腾崇拜以及海州锦屏山将军崖上刻有羽毛装饰的人面、兽脸图之间，那种内在亲近的文化关联。

若我们以宏阔的历史目光遥看远古时期的江海平原，自东向西还有阜宁陆庄遗址、东台蒋庄遗址和开庄遗址。开庄遗址距今约5200年至4200年；蒋庄遗址距今约4700年至4500年。此后，又在泰州姜堰发现了“单塘河遗址”，距今约 4000 年。

从特定的历史时空看，从“青墩”“南荡”“影山头”，到阜宁陆庄遗址、东台蒋庄遗址和开庄遗址，再到姜堰“单塘河”遗址，它们相距仅百余公里，呈现出由东向西的后退之势，勾画出新石器时代先民们逐海而居，不断追随黄海岸线进退的生存足迹。从这些遗址出土的大量文物，也让我们触摸到东夷部落文化与良渚文化在这片原野上的交汇交融。

潮起潮落，云舒云卷。草木枯荣，岁月如梭。

变动不居的江海平原，以其博大的胸怀涵养了新石器时代的先民和栖息繁衍于此的大自然精灵。那些深受黄海和长江恩泽的珍兽麋鹿，也在追随人类的脚步，走进了远古的甲骨文和青铜器中，融入历代诗词歌赋、皇家猎苑、民间风俗和神话传说里，成为这片大地的灵性存在与文化象征。

“乐其有麋鹿鱼鳖”(《孟子·梁惠王》)、“今人，固与禽兽麋鹿、蜚鸟、贞虫异者也”(《墨子·非乐土》)、“虎豹忌当道，麋鹿知藏身”（孟郊《隐士》）……还有传说中姜子牙的坐骑，指鹿为马、逐鹿中原的成语，“麗”（丽）、“慶”（庆）、俸禄（鹿）的美好祈愿，以及“鹤鸣于九皋”的典故……一部中国文化史，给它们留下了无数的赞美篇章，这也从不同层面彰显出黄海滩涂的麋鹿与丹顶鹤对中华民族人文心理的深远影响。

丰饶的原野是珍兽麋鹿的悠远故乡，而广袤的滩涂则成了丹顶鹤迁徙越冬的恒久驿站。它们把雄健张扬的野性、自由奔放的活力和自然天赋的灵气，都融入这片厚土绵延千年的文脉之中。

争霸中的“鄖地”风云

2003 年，泰州市境内的姜堰天目山发现一座古城遗址。这里四面环水，犹如一座小岛，城址呈东西较长、南北较短的长圆形，设有外城和内城。经碳 14 测定，城址距今 3100 年至 2700 年，商周至春秋早期。这是目前江海平原地区发现的最早的古城遗址。

这一重要发现不由得使人联想起 3200 多年前的殷商晚期，泰伯、仲雍弃国奔吴的故事。不同的是，泰伯、仲雍历尽艰辛，在无锡太湖梅里建立了勾吴国。那么与“勾吴国”只有一江之隔的天目山“原住民”又来自何方呢？

民间有传说认为，天目山最早的先民也来自商周名宦家族中的一支，他们为避祸乱才逃到这片江海之地。他们在一处高地上落脚，用杂树、苇草搭盖茅屋居住下来。因海边缺少淡水，他们只得在前坡上开挖了两口深井，涌出的井水清甜可口，护佑着族人渐除痹疾，人们由此信奉此处的“井眼”为天神之目，“天目山”也由此得名。

天目山有了“城池”，自然会有“集市”，于是，这里人气集聚，逐渐成为江淮一带政治、经济、文化意义上的中心城市。

西周时，这里隶属邗国。《辞海》(2009年版)“邗”字条注解：“古国名，亦作干，在今江苏扬州东北。春秋时为吴国所灭，成吴邑。”今天有专家考证，邗国大约在东至海边、西界广陵、南至长江、北界盐渎的一片区域。邗国国君是谁呢？宋代祝穆《古今事文类聚后集》和明代彭大翼《山堂肆考》两部书中说邗国国君是周武王的儿子邗叔。他威武勇猛，在东征中屡立战功，特别是在争夺邗国这块地方时，功勋卓著。

《管子·小问》载：“昔者吴干(邗)战，未龀不得入军门。国子擿其齿，遂入，为干(邗)国多。”邗国是小国，相传也就有万人左右。国中曾规定未换乳牙的孩子不得进入辕门，也就是不得参军。面对强大的吴国的入侵，有一个叫国子的孩子，他拔掉自己的门牙，混进辕门，为邗国出谋献策，上演了同仇敌忾的悲壮一幕。

这是一个坚韧不屈的族群。然而，弱小终究难以抵御强大，他们英勇赴死，奋力抗争，让族人的一腔热血泼洒在这片孤寂的荒野之上，却无法改变早已注定的失败结局。

大约在公元前584年，邗国为吴国所灭。

春秋末期，各国争霸，风云际会。《左传》中记载了一次别有意味的“郧地会盟”。

《左传·哀公十二年》曰：“卫侯会吴于郧。”《左传译注·哀公十二年》“经”部记载：“秋，公会卫侯、宋皇瑗于郧。”杜预注：“郧，发阳也。”《罗泌路史》云：“海陵东南有发阳口，今皋北四十五里力乏桥（今海安立发桥），即其地。”

经专家考证，“郧地会盟”之地，即为在海安立发桥的会晤。《海安县志》记载：“鲁哀公十二年（前483），鲁哀公会卫侯于郧（今立发桥，其时为发繇口），后建发繇亭于其上。”民国《如皋县志》载同治元年（1862）所立的立发桥碑文：“立发桥，在如皋县北四十五里，春秋时为发繇口。鲁哀公十二年，公会卫侯于郧，建发繇亭于其上，即此地也……”

如今经多方考证，人们大致可以还原这次“会盟”的前因后果：公元前483年，吴国召集鲁、卫、宋三国在郧地（即今海安县立发桥）相会，意图与鲁、卫、宋结盟。而鲁哀公与卫出公（卫侯）、宋皇瑗拒绝与吴国结盟。于是吴国人包围卫出公住处，软禁卫出公，后经子贡游说，吴太宰伯嚭放了卫出公。

郧地会盟只是吴国恃强凌弱、争霸中原的一个片断。据《左传》统计，先后曾有诸侯会盟 109 次，诸侯会见 97 次，这就是所谓的“合纵连横”了。它也从一个侧面证明了“天目古城”其时在江淮区域所处的历史地位。

这片荒原中不只激荡着强权争霸的历史风云，还有令人感慨的爱情故事。

《左传·昭公二十八年》载：“昔贾大夫恶，娶妻而美，三年不言不笑。御以如皋，射雉，获之，其妻始笑而言。贾大夫曰：‘才之不可以已。我不能射，女遂不言不笑夫！’”孔颖达疏：“《诗》云：‘鹤鸣于九皋。’是皋为泽也。如，往也。为妻御车以往泽也。”

这位贾大夫名叫贾南屏，原是贾国的上大夫，晋灭贾国，仍封他为大夫。国之不存，焉能安然？他决然地拒绝了强者施舍的“怀柔”之封，于是避祸到如皋。在此定居的贾大夫迎娶了当地一位大户人家的漂亮女儿。令他没有想到的是，这位美女老婆嫌弃丈夫长得丑，居然三年不与他说话，也没给他一个笑脸。面对如此境遇，经历过亡国之痛的贾大夫，却保持着一份特有的自信和耐心。一次他驾车带着老婆去周边水泽打猎，雉起箭落，干净利索，一身过人的本领终于赢得美人的笑脸和芳心。由此，这个地方也被人称为“如皋”“雉皋”。这段一波三折的爱情故事，给这片寂静的旷野注入了爱意绵延的生命亮色。宋代的苏轼为此写下了“向不如皋闲射雉，归来何以得卿卿”（《和梅户曹会猎铁沟》）的著名诗句。

风云变幻，春秋易代。战国时期，周元王三年（前473）越并吴，海阳地属越；周显王三十五年（前334）楚又灭越，海阳地属楚。这片江海交汇之地，不断上演着一幕幕强者称王的铁血故事。相传兴化一带，一度曾为楚将昭阳的食邑，而昭阳是楚王族昭、屈、景三姓的后裔。他与魏战于襄阳，连下八城有功，因此受封于海滨之地（即今天兴化一带），死后葬于城西阳山，故兴化又名“楚水”“昭阳”，而扬州、泰州一带，又有“楚尾吴头”之称，也许正源于此。

《战国策·苏秦为赵合从说楚威王》载：“楚地西有黔中、巫郡，东有夏州、海阳，南有洞庭、苍梧，北有汾陉之塞、郇阳。”这里所指的“海阳”，正是如今泰州最早的地名，意为“面海朝阳”。

“千家井灶孤城合，万里帆樯一水回。”（刘万春《登望海楼次徐岩泉韵》）在淮水、海水和江水的交汇之间，一座滨海临江的城市终于勃兴，开放包容与雄浑血性的江海文明，也因此从这里孕育绵延。

“煮海”而兴的祥泰之地

西汉初年，海阳、如皋、东台被纳入刘邦侄子刘濞的吴国版图。刘濞充满野心的目光扫过这片荒野滩涂——江海交汇的天际处，波涌连天，潮起潮落，苦咸的气息弥漫在这片孤寂的荒原之中。也许在分封者眼里，这里是缺少淡水、遍地蒿草、人烟稀少的“废地”。可是刘濞却发现了大海取之不尽的宝藏——煮海为盐。

汉文帝时，吴国世子在京城因与文帝皇太子下棋出现争执而被其杀害。这一杀子之恨也在一定程度上催生了刘濞勇武强悍的篡位野心。谁会来这荒芜苦咸之地呢？刘濞深信，人对自由的渴望终究会战胜对生存的畏惧。于是，他下了一道特赦令：让天下的亡命徒用“牢盆”在滩涂上“煮海”。

于是，一望无际的滩涂上，一群群黧黑的汉子从四面八方集聚而来，成为旷野上最早落户的盐民。头灶、二灶、三灶……七灶，一个个高耸的灶台相继矗立，一口口巨大的铁锅下烈火熊熊，荒凉的滩涂浓烟四起，真可谓“烟火三百里，灶煎满天星”。当一阵阵缭绕的水汽升腾之后，沉积下的便是一层层洁白的盐霜。

冬季，寒风拍面；夏季，烈日当空。与这些盐民相伴的只有无数的海鸟，“苦哇，苦哇……”它们的鸣叫凄厉而又悠长，这又何尝不是盐民们悲凉而又艰辛的人生长歌？

终于，在日复一日的劳作中，在流淌不尽的苦涩汗水中，一座座洁白的盐山展现在人们的面前。

为求舟楫运输之便，汉文景元年（前 179），野心勃勃的刘濞下令，在当年夫差开挖的邗沟旁又开凿了另一条邗沟——西起茱萸湾（扬州市湾头镇），东通海陵仓（今泰州），至如皋蟠溪盐场。

这条人工运盐河是世界上最古老的水利工程之一，仅比蜀郡太守李冰父子开凿建造的都江堰晚了 77 年。它沟通江淮东部，连接江海平原，彻底改变了沿海滩涂千年封闭的格局，一时人气集聚升腾，海滨灶户云集，舟船帆樯片片。

不得不说，心存异志的刘濞是大规模开发江海平原盐业的直接推手。正是因为他对黄海自然资源的开发利用，才让他统治下的吴国快速集聚了丰厚的财力。

然而，人生常常事与愿违。丰厚的财力膨胀了他的野心，为了那顶觊觎已久的“王冠”，刘濞不惜挑起“七国之乱”，最终却使吴国迅速走向了灭亡。而他下令开挖的这条运盐河，则为此后繁荣扬州、泰州、南通的政治、经济、文化奠定了坚实的根基。“东楚有海盐之饶”（《后汉书》），一个“饶”字道出了这里的产盐之盛。

武帝时期，开启了一次较大规模的郡县区域调整。元狩四年（前 119），古射阳县东部靠黄海的一部分被划出来单独设县，因这里遍地皆为煮盐亭场，到处是运盐的盐河，故而被称为盐渎县。元狩六年（前 117），置临淮郡，下辖海陵等 29 县，始见海陵地名，即“以其地傍海而高故曰海陵”（《大清一统志》卷六十七）。

南朝梁武帝天监元年（502），海陵郡辖海陵、建陵、宁海、如皋、蒲涛、临泽 6 县，而盐渎县则因“环城皆盐场”而更名为盐城。南北朝中期，在黄海岸线漫长的后退过程中，海陵向南又有大片陆地长出水面，并与如皋接壤，这就是后来的通州。

隋代大运河的开挖，贯通了南北水系，并与扬州、海陵、邗沟相连，推动了漕运、盐运、水运的勃兴。越来越多的盐流向了扬州城、楚州城和苏州城，这些城市在运河经济的带动下迅速崛起。“蜀麻吴盐自古通，万斛之舟行若风”（杜甫《夔州歌》），这是杜甫眼中商贾大舟运销吴盐的壮观场景，就连激情的李白也发出了“吴盐如花皎白雪”的感叹。黄海沿线一带产出的盐常常被人们称为“吴盐”。

因为拥有成熟的“煮海”技术，盐渎、东台、蟠溪、姜堰、昭阳等地区，大片的盐场星罗棋布。加之有长江和人工运盐河这些便利的运输条件，淮南盐的行销因此而“纵横数千里，户及亿万家”。在盐的贩运过程中，无论官员还是商贩都获利颇丰，“自公斗三百，转致斛六千”（杜甫《盐井》）。官府所卖之盐每斗三百钱，到商人卖出时则每斛六千钱，盐商成倍赚钱。源源不断运出的盐，那可是一船船无尽的财富。

唐乾元元年（758）和宝应元年（762），朝廷分别在海陵设盐监。如皋、东台一带迅速成为全国最大的海盐生产地区，盐产量居全国十大盐监之首。其时全国的税收，有一半来自盐税，而海陵的盐税又占朝廷盐税的一半。马令在《南唐书》中记载：海陵“供亿公费，不知限极，烈祖喜之”。每年拥有如此多的财富，供那些皇帝大臣们享乐，怎能不令人格外兴奋呢？

经济地位自然会决定一个地区的政治地位。公元937年，因为海陵上缴的盐税多多，加之此地又是江海平原的水陆要津，于是朝廷将海陵县升格为州，并取名“泰州”。

《周易•泰》象曰：“泰，小往大来，吉亨。”《易经》六十四卦中的第十一卦为泰卦，由上坤下乾组成，象征着天地相交、阴阳参合、万物流通、生机勃勃的景象。显然，朝廷取名“泰州”，是希望此地能以其源源不断的财富，助力朝廷成其“天地之道”。在不断扩大的盐业产能的拉动下，这里逐步发展成为“盐粮集散、物资丰富、舟船泊步、税源充畅”的富庶之地。

海陵、如皋一带也素有粮仓盛名。两晋文学家左思在其《吴都赋》中，给我们呈现了“窥东山之府，则瑰宝溢目；瞰海陵之仓，则红粟流衍”的富足景象。至唐代，这里已成产粮大县，骆宾王在《为徐敬业讨武曌檄》中不无自炫：“海陵红粟，仓储之积靡穷。”一时广为流传。

深得元朝皇帝忽必烈信赖的意大利旅行家马可•波罗，在他的《马可•波罗行纪》中也为泰州记载过一笔：

> 泰州城不大，但各种尘世幸福极多，有许多船舰，更有极多走兽飞禽可供野味，大河上船舶甚众，皆辐辏于此。

确实，泰州与其邻近的城市广陵郡、上游的金陵城，以及运河名城淮安相比，无疑要小很多了。这里只是盐的生产“基地”，没有扬州盐商们夸奇斗富的挥霍无度和二十四桥月夜的玉人风情，没有金陵四周青山隐隐、绿水迢迢的芳菲秀色与梨花带雨、绿肥红瘦的诗情空间，也没有淮安城被运河之水浸润的笙歌朗笑与酒暖香温，有的则是襟江带海、吞吐天地的厚重壮阔与包容并蓄，有的是尘世烟火熏染中的朴实率真与快意恩仇。

也许只有当天灾人祸发生时，这里才会被人们一次次关注，进而成为人们躲避灾难与战争的求生之地。

西晋末年，永嘉战乱，北方地区人口为避战乱大举南迁，至东晋、南朝300年间，陆续迁至今长江下游皖南、苏北、赣北、赣中一带的江南地区。《晋书·王导传》载，中州士女避乱江左者十之六七。当时海陵一带也拥入了大批中原移民，人口猛增数十倍。唐安史之乱之后，国家经济中心东移，大批人口南迁。海陵地处偏远，未受战火波及，从中原逃亡南方的许多人，也在此纷纷落户安居下来。至北宋时，人口达到高峰，仅如皋人口就达数十万。

北宋灭亡以后中原沦陷，士大夫及广大百姓追随宋朝宗室纷纷南逃。北宋端拱年间（988—989），泰州所辖四县有32 471户，到崇宁元年（1102）增至56 791户。

至元代末年，黄河决堤导致淮河下游洪水泛滥，皖北、苏北一带灾难深重，民不聊生，一片荒凉，不少难民也迁移至此。据吕思勉所著《中国通史》记载，从洪武三年至永乐十五年，移民18次，经历三代皇帝长达50年的时间跨度。虽然其中大多数人被迁往中原和华东数省，遍布大半个中国，但是其中也有一万余户躲避到这片广袤的原野之中。

千百年来，这里的先民与各地南迁而来的移民守望而居，在无数的冲突与竞争中，在持续的交流与融合中，他们为这片原野融入了吴文化、越文化、楚文化、中原文化、海洋文化等多元人文基因，进而激发出一代代人的聪明才智、灵气血性和生命张力。

享誉天下的“人才集群”

在悠长的历史岁月中，宏阔的江海原野也为中华民族孕育出一批批享誉天下的杰出人才。他们有的叱咤风云、纵横捭阖，有的目光深远、启迪民智，有的壮怀激烈、为民举旗，有的襟怀博大、呵护民生，把自己的生命高度恒久地矗立在了江海天地之间。

吕岱是海陵最早走进史册的武将。他于161年在海陵县出生，年轻时曾任县吏，为躲避战乱南渡投靠到孙权帐下。起初他被任命为吴县的县丞，因工作出色“甚称权意”，后被提拔到余姚县当县长。

放眼整个东吴时期，周瑜、鲁肃、吕蒙、陆逊等，无人不知。吕岱的功劳和贡献和他们比起来不相上下，可名声却远没有他们那样家喻户晓。

吕岱有“常胜将军”之誉，他的功绩是一路拼杀出来的。早期，他进取长沙三郡，安成、攸、永新、茶陵四县的官吏聚合兵众抗拒，吕岱果断进攻围寨，迅速平定了长沙三郡。此后，他又受孙权之命镇守长沙。其间，安成县县长吴砀及中郎将袁龙等响应关羽，再为反乱，吕岱又进攻醴陵，生擒袁龙并将其斩杀。他任交州刺史期间，审时度势，有勇有谋，果断平定士徽势力，乘胜进军讨伐九真，挫败了地方割据分裂势力的图谋，将岭南纳入东吴政权的直接控制之下，进而巩固了中央政权对边远地区的领导权。因此功吕岱被封番禺侯，升为镇南将军。他深谋远虑，多次派官员“南宣国化”，出使“西南大海洲上”（南洋群岛）以及今东南亚一带众多国家。境外扶南（今柬埔寨）、林邑（今越南中南部）、堂明等国国王纷纷派遣使者至吴朝贡，历史上可与东汉时期班超遣使访问西亚各国一事相媲美。范文澜在《中国通史简编》中说：“从此开始了中国和海南诸国的正式往来……”

作为三国时期最长寿的东吴名将，吕岱胸襟开阔旷达，善纳朋友批评。他与吴郡人徐原十分亲近友好，徐原慷慨而有才志，秉性忠直，勇于直言，吕岱举荐选拔徐原，官至侍御史。吕岱有时有过失，他常当即谏劝，之后又在众人面前公开议论这些事，有人将这些告诉吕岱。吕岱赞叹说：“这就是我看重德渊的原因。”徐原去世后，吕岱痛惜不已：“德渊，是我吕岱的益友，如今不幸归西，我再从何处听到责备我过失的言语呢？”陈寿在《三国志》中，将吕岱列入东吴“克宁内难，绥靖邦域”的重臣。晋灭吴后，陆机作《辩亡论》历数东吴栋梁之才，吕岱被列为东吴“以器干任职”的名臣之一。

太平元年（256），吕岱在武昌与世长辞，时年九十六岁。吕岱在弥留之际吩咐家人：“殡葬之时，棺木不用油漆，疏巾布衣。丧葬礼仪务必简单节俭。”家人根据吕岱的遗言，将其归葬于海陵高阳荡（今如皋白蒲镇林梓社区），吕岱的魂魄重又回归到养育他的这片原野。

“天地英雄气，千秋尚凛然。”中华民族在发展的历史长河中时常遭受外族的入侵，但是总有不惧生死和不畏艰险的力量去勇于担当。陆秀夫、张士诚他们就代表了江海原野的另一面：血性刚烈。

陆秀夫为楚州盐城人，三岁时，他的父亲把家迁到镇江。稍大以后，他跟随本乡的两位孟先生读书学习。二十岁时（南宋宝祐四年），与文天祥同登进士榜。南宋名将李庭芝镇守淮南时听说了陆秀夫，将他罗致到自己的幕府中。

陆秀夫才思清丽，性格沉静，不苛求被别人知道，每当幕僚们到官署请见，宾主共欢同乐，只有他一人不发一言，很少与人交往。然而，等到平时考察他的事务，却发现他都能治理得很好，李庭芝因此对他十分器重。

在元军进攻南宋都城临安之前，陆秀夫被征召入朝。国破家亡之际，朝廷君臣流亡海滨，人心惶惶，陆秀夫却忠心不渝。流亡途中，益王因井澳大风惊惧而死，许多大臣都想借此离开，陆秀夫却说：“度宗皇帝有一个儿子还在，古人中曾有过仅凭借一旅即成就中兴的，而我们现今百官都在，还有数万军队，上天如果还没想灭绝大宋，难道就不能凭此振兴国家吗？”其时，陆秀夫为左丞相，他与张世杰共同秉政。即使在颠沛流离之中，事务繁多，时间匆忙，他每天都还是要写《大学章句》，以劝说别人。

面对元军的大举南犯，宋军节节败退，宋少帝和陆秀夫他们最终逃到了崖山。由于宋军指挥者张世杰犯了致命的错误，南宋海军几乎全军覆没，宋少帝和陆秀夫等也全部被元军围困。在生离死别的最后一刻，陆秀夫为了保存大宋名节，逼着家小跳海自尽。随后，他也怀揣玉玺、背着宋少帝纵身跳海，终年四十四岁。

在华夏五千年的历史长河中，陆秀夫壮烈蹈海的一跳，跳出了自己的忠诚，跳出了南宋人的不屈尊严，也跳出了江海原野的血性！

与陆秀夫宁死不屈的气节不同，盐民出身的张士诚是白驹场十五垛（今大丰草埝）人，在历经无数严酷的岁月之后，他率领盐民揭竿而起，成为动摇元朝统治的一支重要力量。

元朝末年，朝廷腐败，大量增发盐引，不断提高盐价，致使盐民生活无着，苦不堪言。为了养家糊口，张士诚从十岁起就跟乡亲们一起，在白驹场的官盐船上“操舟运盐”。因运盐收入微薄，他便与几个同乡做起了贩卖私盐的营生。然而，当地富户却时常以此举报要挟，而负责缉拿私盐贩子的少数盐警也借此克扣盐民的辛劳所得。

元顺帝至正十三年（1353）正月，张士诚等十八名盐民在草堰场的北极殿中歃血为盟，大家共同推举张士诚为首领，先后攻下泰州、高邮府，自称“诚王”，国号“大周”，年号“天佑”。盐民们占据高邮后，因切断了京杭运河的大动脉，致使江南岁贡无法北运，成为元朝的心腹之患。于是，元顺帝命丞相脱脱亲率百万大军，直逼高邮，围城一个多月。关键时刻，因顺帝听信谗言，一道诏书夺了脱脱兵权，并在将其押往吐蕃的路上以毒酒赐死了。张士诚借机得以冲出城外，百万元军一时溃尽。至政二十三年（1363）九月，张士诚以平江（今苏州）为都城，自称“诚王”。从泰州举义，到攻克平江，面对元军三番五次的征讨和诱降，张士诚一如既往，不屈不挠。然而，入主平江城的第二年，在江北朱元璋、西北刘福通、西南徐寿辉、东南方国珍等多方势力的环伺下，他为求得一时的安逸，却又主动与元朝议和，这也为张士诚此后的失败种下了因果。

元朝时的苏州城一片繁华，商业和手工业十分兴盛。在这人间天堂的温柔乡里，张士诚过得有滋有味，而苏州城里的富足与安宁，则使他纸醉金迷，无心也无力与周边的割据势力争霸。至正二十四年（1364），接连消灭其他地方割据势力的朱元璋，兵锋直指苏州。张士诚顽强抵抗了整整三年，最终于至正二十七年（1367）七月，苏州城破，张士诚被俘，后自缢而死。朱元璋评价他的失败是

“恃富而无远图”。

往事如烟。张士诚最终失败了，但是他反抗元朝统治的传奇故事，却一直鲜活在无数百姓的口中。

还有一个伟岸的身影站立在这片江海之间，他就是南通人张謇。在中国近代史上，张謇是“一个很伟大的失败者，他独立开辟了无数新路，做了三十年的开路先锋，养活了几百万人，造福于一方，而影响及于全国”（胡适语）。

清咸丰三年五月二十五日（1853 年 7 月 1 日），张謇出生于南通海门市常乐镇。张謇兄弟五人，他排行第四，后被称“四先生”。清咸丰六年（1856）张謇四岁时，由父开始教识《千字文》。五岁时因背诵《千字文》无讹，父令随伯、仲、叔三兄入邻塾，从海门邱大璋先生读书。十五岁进入考场，因为“冒籍”引发一系列的不幸遭际，前后五年张家几乎倾家荡产。十六岁张謇考上秀才，此后参加过五次乡试、四次会试，在科举考试中摸爬滚打了整整二十六个年头，直到四十二岁才金榜题名，考上状元。

中国近代，是一个三千年未有的大变局时代。对于张謇而言，四十二岁这年无疑是他人生的分水岭。在这之后，他成了中国历史上状元创业的第一人，状元经商，示范意义巨大，可以说是由他开启了一个真正意义上的士商时代。

张謇历经三十年艰辛创业，在南通兴办了三十七家企业，沿海兴办了二十家盐垦公司，把自己“实业救国”的主张具体化，形成了以“棉铁主义”、农本思想为核心的振兴实业的经济思想，一度建立起资本额达 2483 万两白银的商业帝国。而在此基础上他创造了“绅督商办”的模式，相关多元，产业成链，起草商律，特别是他推动独立商会成立，标志着晚清企业史上的巨大进步。股份制的大生纱厂，股本中有一半是官股，但是终其一生，张謇却从未让官府的手伸到企业中来。

在兴办实业的同时，张謇更注重积极发展教育事业，逐步形成“实业教育迭相为用”的思想体系，并把兴办教育事业放到了关乎国运盛衰和民族存亡的高度来认识。他认为，教育能启迪民智、促进实业，进而使国家强盛，跻身于世界先进行列。为此，他创办了南通师范、女子师范、农业、医学、纺织、海洋、小学等 400 多所各类学校及一大批博物馆、图书馆、公园、医院、气象站、传习所、养老院、育婴堂、聋哑学校等慈善事业，为南通成为“中国近代第一城”做出了卓越贡献。

张謇说：“一个人办一县事，要有一省的眼光；办一省事，要有一国的眼光；办一国事，要有世界的眼光。”他用一生的实践证明了自己。

1926 年 7 月 17 日，张謇在无限的寂寥与落寞中黯然去世，他的陪葬品是：一顶礼帽、一副眼镜、一把折扇，还有一对小金属盒子，分别装着一粒牙齿和一束胎发。张謇的破产和去世，使得中国的士商时代一去不返。

毛泽东说，“中国的民族工业有四个人不能忘记……轻工业不能忘记张謇”，其实不能忘记他的并不只是轻工业。一百多年过去了，如今的南通城到处留下了张謇的印迹，他仍在继续影响和激励着后人。

时代需要在慎终追远中砥砺前行，而我们则需要在回望来路时前瞻未来。

范仲淹的
“海陵朋友圈”

东台西溪，闻名遐迩。走进这座古镇，可见唐代的海春轩塔高耸巍峨，北宋的泰山寺气势恢弘，它们遥遥相对，默然而立，见证着这座海边小镇的沧桑变迁。

时光荏苒，传说犹在。北宋时期的海陵西溪，是朝廷重要的盐税征集地，也曾是宋代晏殊、吕夷简和范仲淹三位宰相下派基层的“福地”，特别是范仲淹此后又知兴化县令，前后历时近六年。

因为机缘巧合，北宋政坛、文坛上的风云人物晏殊、吕夷简、滕子京、富弼等人，也先后相聚在西溪和海陵，还有同时期著名的理学家、教育家胡瑗，都与范仲淹结下了一个特别的“朋友圈”，亦如赵朴初在其《踏莎行》词中所说：“州建南唐，文昌北宋，名城名宦交相重。月华如练旧亭台，清词范晏争相诵。”他们相知相惜，心忧天下，关切民生，砥砺振奋，激发文思，兴建海陵文会堂，孕育了千年一遇的泰州“文化现象”。

俗话说：“政声人去后，民意闲谈中。”他们的友谊、他们的政绩、他们的人格魅力和跌宕的人生命运，一起穿越千年岁月，深深地烙印在这片广袤的大地上。

西溪前任——一位师友，一位畏友

真宗天禧五年（1021），三十五岁的范仲淹任海陵西溪盐官，监管征收盐税。

西溪地处海滨，这里天高海阔，滩涂绵延，芦苇遍地，人烟稀少，时有海鸟群阵划过天际。极目远眺，可见一座座烧盐灶台平地而立，升腾的浓烟飘向空中，划出一道道弧线。身处此地，嗅一下拍面的海风，都是苦咸的滋味。

范仲淹在这里当盐官，不能不说是一种人生的考验。西溪因其盐产量极大，贸易繁荣超过周边，故而宋朝在泰州盐仓监下增设了西溪盐官，兼管何垛、丁溪、草埝、白驹、刘庄五个盐场。在有的人看来，盐官官职虽然不高，却有许多心照不宣的实惠。可志向远大的范仲淹却无意于此。好在之前有两位出色的前任给他留下了脍炙人口的诗篇。

一位是晏殊，他来此当盐官时也才二十出头。有“神童”之誉的他，被发现他的宰相张知白带在身边，后又被举荐给朝廷。其时适逢真宗皇帝殿试，晏殊亦厕身其间，与一千多人一起应试。年少无畏的他，疾笔立成，且字句赡丽，用典精博。真宗阅卷后拍案而喜，即刻御笔钦点他为进士。此时的晏殊年仅十三岁。

那是何等风光的时刻，少年英才，玉树临风，春风得意之时，往往都对自己的未来有着很高的期许。当他被朝廷派到江海交汇的偏远之地时，倍感失落。就其年轻人的心境而言，二十岁左右又恰恰是最容易感怀伤春的时节。于是晏殊在任职之余作词遣怀，写下了传诵千年的《浣溪沙·春恨》：

一曲新词酒一杯，去年天气旧亭台。夕阳西下几时回？无可奈何花落去，似曾相识燕归来。小园香径独徘徊。

这些才华横溢而又“风流蕴藉”的词句，流露出的是晏殊身在异乡的孤处之忧和情思之愁。为了排遣这种孤寂的情绪，晏殊还在西溪筹建了书院。于是，海边盐场狭小的书院里，传出了琅琅的读书声，有了书声就有了文化的传扬，也就有了润泽西溪的文脉养分。

晏殊不久就回到了京城，他留给西溪的是一个飘逸超卓的背影。

另一位是吕夷简。他是太子太师吕蒙正的侄子，而他的父亲则是光禄寺丞吕蒙亨。这样的“官二代”到远离京师的海边西溪任职，心里自然是有些不甘的。相传他闲暇之际曾手植牡丹一本。为此他写下了那首《咏牡丹》：

异香浓艳压群芳，何事栽培近海涯。

开向东风应有恨，凭谁移入五侯家。

从这首诗中人们不难感知吕夷简内心的不平之气，他以“异香浓艳”的牡丹自诩，发出了“凭谁移入五侯家”的诘问，流露出自己对未来的自信。

不久，出生于仕宦之家的他也回到京师平步青云了。

当范仲淹来到西溪时，吕夷简手植的牡丹已然茂盛，每岁花开如云，成了海滨盐场一道独特的景观。眼前的景色让范仲淹诗兴勃发，禁不住和题一绝：

阳和不择地，海角亦逢春。
忆得上林色，相见如故人。

显然，相比起晏殊和吕夷简，出身贫寒的范仲淹来西溪任职的心态要平和务实得多了。

范仲淹是苏州吴县人，两岁丧父，母亲谢氏贫困无依，只得带着他改嫁给山东邹平人朱文翰，范仲淹因此改名为朱说。身处逆境的范仲淹离开朱家，用心苦读，经常用冷水洗脸，稀粥充饥。1015 年，二十七岁的范仲淹中了进士，第一次带着母亲回到苏州，认祖归宗，才恢复范姓，随后步入仕途到西溪任职。

“阳和不择地，海角亦逢春”这一质朴的诗句道出了范仲淹人生的远大志向，也展示出他不论身处何地，都能为民请命、敢于担当的广阔情怀。宋代王辟之在其《渑水燕谈录》中记载："海陵西溪盐场，初，吕文靖公尝官于此，手植牡丹一本，有诗刻石，后范文公亦尝临莅，复题一绝……后人以二公诗笔，故题咏极多；而花亦为人贵重，护栏，岁久茂盛，每岁花开百朵，为海滨奇观。"这大概就是"名人"效应了。

也许我们应该相信，每个人都是带着使命来到人间的。有些人会在世俗中随波逐流，如同砂砾转瞬即逝，而有些人则注定要以其高标的姿态演绎其沉浮一生。范仲淹正是后者。

在西溪任职期间，范仲淹看到海陵一带的海堤年久失修，每年秋季海潮泛滥，阡陌洗荡，屋毁人亡，百姓流离失所，给盐业生产也带来不可估量的损失，不由得忧心如焚。他不顾别人对他越职言事的非议，慨然上书泰州知州张纶，力请速修捍海堰，以救万民之灾。他的主张得到张纶赞同，并经张纶转奏宋仁宗。宋仁宗采纳了范仲淹的建议并任命他为兴化县令，且"总其役"。范仲淹经过三年多的努力，在早年常丰堰的基础上修建起另一道捍海堰——范公堤，在海陆之间筑起一道兴盛盐业和守护百姓的坚实屏障，这也是他留给西溪百姓的一座为政丰碑。

别有意味的是，范仲淹西溪的这段人生"机缘"竟然一直贯穿在他此后的人生历程中。他为之仰望的两位前任，一位成了举荐他走向广阔仕途的恩师，而另一位则成了他为政革新的对手和人生畏友。

范仲淹与晏殊真正相识相知，已是在七年之后。

天圣五年（1027）正月，晏殊罢枢密副使，以刑部侍郎出知应天府，方务倡教兴学。时范仲淹丁母忧亦居南都，受聘掌管府学，执教席，授生徒。应天府学在范仲淹的执掌下，制度健全，训导有法，深受学子们的欢迎，最终发展成为著名的北宋四大书院之一。

次年十二月，范仲淹守丧期满，晏殊亦由南京内调，拜御史中丞。时朝廷缺一秘阁校理，于是晏殊荐举范仲淹任馆职。晏殊在其荐举状中高度赞誉了这位来自西溪的后任者：

> 臣伏见大理寺丞范仲淹为学精勤，属文典雅。略分吏局，亦著清声。前曾任泰州兴化县，兴海堰之利。昨因伏制，退处睢阳，日于府学之中观书肄业，敦劝徒众，讲习艺文。不出户庭，独守贫素，儒者之行，实有可称。欲望试其词学，奖以职名，庶参多士之林，允洽崇丘之咏。

正是有了晏殊的这一纸保举状，才使范仲淹跻身馆阁，开始了他立朝生涯。其实，若论年龄范仲淹还长晏殊两岁，但是范仲淹此后一直以恩师之礼待晏殊。

晏殊是宋代教育的开拓者，更是一位举贤爱才的伯乐，他不只举荐了范仲淹，其后还举荐了欧阳修、富弼、孔道辅以及苏洵、苏轼、苏辙等人。正如《宋史》中所说："殊平居好贤，当世知名之士，如范仲淹、孔道辅皆出其门。及为相，益务进贤才，而范仲淹与韩琦、富弼，皆进用。至于台阁，多一时之贤。"（《宋史·晏殊传》）

当然，由于晏殊与范仲淹出生背景不同，两人的性格差异也十分明显。晏殊因为少年得志，久居高位，处事则显得谨小慎微，处处循规蹈矩。而范仲淹则不管这些，常常挺身而出，砥砺道德，敢于直言。司马光评价他是"大忠伟节"，在《祭范尚书文》中称其"谠言直节，奋不顾己"。

他们性格上的冲突自然不可避免。天圣七年（1029）冬至，是刘太后的寿辰，朝廷打算让宋仁宗率百官在大殿前为刘太后拜寿。因为仁宗登基时，只有十二岁，真宗的皇后刘氏垂帘听政，辅佐仁宗皇帝处理国政。然而，范仲淹却认为此议不妥，就向朝廷上了一封奏章，说天子有事亲之道，但无人臣之理，有南面之位，无北面之仪。如果在家里为太后拜寿，举行家人之礼是可以的。如果在朝堂上和百官们一起，北面为太后跪拜，就不妥当，有亏君体，有损君威，不可让后世效法。他直言宋仁宗已经成年

（仁宗已十八岁），太后应该“还政”，不要再垂帘听政，左右仁宗皇帝。

范仲淹的奏章立即在朝廷引起轩然大波，刘太后自然很不高兴。晏殊知道后十分恼怒，严厉训斥范仲淹是好出风头，好奇图名，这样会连累荐举他的人。范仲淹予以解释，晏殊则训斥他是“强辩”。范仲淹回去后就给晏殊写了一封近两千字的长信《上资政晏侍郎书》，以大量的历史事例，说明自己给朝廷上书的理由。他在信的最后表示：“你如果还认为我可以指教，就不要后悔当初荐举我；如果认为我不可造就，你就去向朝廷声明，断绝我的前途，朝廷可以免你荐举我之罪，我这封信也可作为证据，不再连累你。但是我绝不会因为你的训斥，而忘记你以前对我的知遇之恩。”相比范仲淹的刚正坚守，“明哲保身”的晏殊，自然是老于世故了。

偶尔的不同政见冲突并没有影响他们的师生之谊。在庆历新政中，晏殊身居宰相之位，他与范仲淹同朝共事，同进同退，参与主持朝政革弊兴利的改革，展示出刚正直谏的政治家风范。此后，两人都因犯颜直谏，几次被外放地方任职，但是他们总是彼此关切，互通诗文，相互勉励。

皇祐元年（1049）三月，六十一岁的范仲淹由邓州移知杭州。而去岁春，晏殊已自颍州移知陈州。范仲淹此次经行陈州时，执弟子之礼，登门看望恩师晏殊，双方诗酒相酬，欢聚数日。范仲淹感激晏殊当年荐举自己任馆职，又感怀晏殊为中书门下平章事兼枢密院使时，自己亦参与大政。年逾花甲比晏殊大两岁的范仲淹依旧执门生之礼，“重求绛帐”“捧觞为寿”，并自惭师恩未报。他尊师重道、笃于情义的精神，令人无不为之动容。

有着深厚家族背景的吕夷简，也是一位“才识卓优、清慎勤政”的名臣，享有“廉能”之誉。他先后执掌国政二十一年，政治经验丰富，处理各种问题沉着老到，几乎无人能及。《宋史》中评价他是“屈伸舒卷，动有操术”。早年他知滨州时，看到当时苛捐杂税泛滥，严重影响了百姓从事农业生产的积极性，于是他仗义执言，上疏请免农器税。真宗采纳了他的意见，恩泽所及，遍于天下。在员外郎的任上，他直言真宗建筑宫观是劳民伤财，请罢除冬天河运木石。真宗称赞他“有为国爱民之心”。此后，吕夷简又辅佐年少的宋仁宗，在太后临朝听政的情况下，能够正确处理北宋社会的诸多社会矛盾，进而保证了北宋的社会安定和经济发展。明道二年（1033），太后崩逝，仁宗亲政，吕夷简又向他提出了八条规劝，宋仁宗也都能虚心接受。

明道二年，因仁宗废除郭皇后一事，范仲淹与吕夷简产生了第一次冲突。

郭皇后立后九年，依然无子，但她偏偏又嫉妒成性，行为蛮横。一次尚美人与郭皇后发生争吵，仁宗劝解时被郭皇后抓伤脖子，一怒之下仁宗欲废皇后。此时任右司谏的范仲淹极力反对，而身为宰相的吕夷简却赞成废后，并命令所有部门都不得接受言官上奏。台谏言官们为此大怒，在范仲淹、孔道辅的率领下，他们集体跪谏，要求吕夷简公示郭皇后的罪状。最终吕夷简以太平时代不应出现言官集体跪谏为由，把范仲淹外放了。

因吕夷简长期为相，多用亲信。景祐三年（1036）五月，范仲淹权知开封府，上言仁宗皇帝任用近臣不宜全委托宰相，后又进献《百官图》，指出内中关系。吕夷简大为恼火，说“仲淹迂阔，务名无实”。后范仲淹上奏仁宗不可尽信吕夷简，并用王莽的事提醒仁宗。“夷简大怒，以仲淹语辩于帝前，且诉仲淹越职言事，荐用朋党，离间君臣。”（《续资治通鉴长编》卷一百十八）仲淹因此和他对诉，最终“由是降黜”。范仲淹离开朝廷时，一些士大夫则不断为他辩护，导致一年后吕夷简被贬，仁宗被迫下诏禁止朋党。

范仲淹此后的几次被贬也都因为吕夷简的打压，但是也有几次关键性的起用，又出自吕夷简的推荐。后来，仁宗曾谕范仲淹放下旧事时，范仲淹回答说：“臣乡论盖国家事，于夷简无憾也。”

庆历四年（1044）夏，范仲淹巡视西线，行至郑州时与退休在此的吕夷简“不期而遇”，范仲淹主动来到吕夷简家中看望，彼此“欣然相与语终日”。这是一次敞开心扉的长谈，是在历经宦海风涛之后的“尽释前嫌”，更是两位对手互为敬重的“惺惺相惜”。

令范仲淹没有想到的是，离开郑州20多天后竟传来了吕夷简病逝的消息。人生中的畏友就此永诀，范仲淹含悲写下了名动一时的祭文：

> 得公遗书，适在边土。就哭不逮，追想无穷。心存目断，千里悲风。

政坛人生不可能没有“对手”，而像范仲淹和吕夷简这样的“畏友”实属难得，他们彼此有着真切的了解，又能有如此真诚的反思，他们都在对国家的忠诚和对手的坦诚中，彰显出自己广阔的襟怀与独特的人格张力。

几年后，范仲淹辞世，好友欧阳修为之作神道碑，其中说到了他与吕夷简关系的转变：“于是二公欢然相约，共历国事。天下之人，皆以此多之。”

的确，这是一种高贵的情愫，又何尝不是人生中的一大幸运？！

“忘年神交”富弼

天圣元年，富言前往泰州任酒税之官。他的儿子富弼因随侍父亲一起来到泰州。范仲淹此时正任监泰州西溪盐仓，因为都是税务“系统”的人，他们自然有过不少交往，并与年轻的富弼相识。

这一年，范仲淹三十五岁，正值壮年；富弼二十岁，即初冠之年，范仲淹比富弼大了十五岁。可是他们一见如故，成了忘年交。

富弼仪表堂堂，玉树临风，颜值出众，又勤奋好学，专心苦读。宋王象之《舆地纪胜》卷四十载：海陵光孝寺有富弼读书堂，曰：“富侍父为征官读书于此。”

看到如此好学上进的年轻人，范仲淹爱誉有加，悉心指点，真诚地帮助他规划人生，这对年仅二十岁的富弼来说，无疑是一种莫大的激励。正如富弼后来在其《祭范文正公文》中所言：

> 某昔初冠，识公海陵。顾我眷我，谓必有成。我稔公德，亦已服膺。自是相知，莫我公比。一气殊息，同心异体。始未闻道，公实告知。未知学文，公实教之。

此时的范仲淹与富弼两人亦师亦友。范仲淹虽身处海陵西溪，但他“慨然有志于天下”的人生抱负、敢于担当的为民情怀和内在丰厚的诗词学养，无不深深地吸引着年轻的富弼。富弼对范仲淹也是仰之弥高，爱之弥深，一直以“范六丈”敬称之，并终生以父辈尊之。

天圣二年（1024），富弼随父离开了海陵。而他再次与范仲淹相见是在五年之后。

天圣五年（1027），范仲淹丁母忧离开兴化，后受晏殊之邀，执掌应天府教席。朱熹在《五朝名臣言行录》卷七之二注引《遗事》中曾为此作了生动的记述：

> 公处南都学舍，昼夜苦学，五年未尝解衣就寝，夜或昏怠，辄以水沃面，往往饘粥不充，日昃始食。同舍生或馈珍膳，皆拒不受。

在这几年中，范仲淹正是靠着异乎寻常的勤奋和心无旁骛的坚守，一心苦读，深入体悟，终于使自己“大通六经之旨”。由此，他才在此后的礼部人才遴选中脱颖而出。

天圣七年（1029）五月，诏礼部贡举。富弼为应进士举也来到了京城开封。他与任职秘阁校理的范仲淹相见，自是欣喜不已，相谈终日。博学多才的富弼，再次得到范仲淹的爱重与奖掖。

范仲淹的儿子范纯仁在他后来为富弼写的《富郑公行状》中提到了这段交往：

> 后应举京师，我先君文正公方居文馆，见公而奇之，与语终日，曰王佐之才也。自此深爱重之，亲怀其文以见丞相王沂公、御史中丞晏元献公（晏殊）洎诸近侍，曰：此人天下之奇才也，愿举于朝而用之。

范仲淹识才，更爱才。为此，他不遗余力地向丞相王沂、御史中丞晏殊荐举富弼，就像此前晏殊荐举自己一样，这样的伯乐之情令人感铭肺腑。

在这次的应举中，考的内容虽然是赋、诗、论、策及帖经、墨义，但最主要的还是以赋、诗取士，可这些恰恰是富弼的“短板”。他虽然解试合格，但在天圣八年（1030）正月举行的礼部应试中落榜了。

富弼的心情十分低落，不过范仲淹依然对他充满信心。他坚信富弼是一块璞玉，挫折的磨砺只是暂时的，总有一天他会呈现出令人瞩目的光彩。

这一年富言移知万州，富弼也不得不随父由东京开封西行，到了陕州，也就是今天的三门峡市。

机遇在不经意间悄然而至。天圣七年（1029），由夏竦等人上疏朝廷恢复制举的提议恰在这时得到了仁宗皇帝的批准。这种制举共设九科，而实际应举登第者只有贤良方正能直言极谏科、才识兼茂明于体用科和茂才异等科。富弼系布衣，对照制举有资格应试其中的茂才异等科。

范仲淹闻讯立即专程赶往三门峡，追上了富弼。范仲淹对他说："子之才非常流，宜应是诏。"在范仲淹的热心指点和劝说下，富弼重回京师。范仲淹十分热心，尽其所能地为他的应试做准备。

关键时刻的温情援手，常常会改变一个人的命运，而富弼正是得益于此。在礼部的这次考试中，富弼显露出过人的才华，被判为优等。后由皇帝殿试，富弼的策论尤为出色，一举登科。此时的富弼年仅二十七岁，成为宋代第一位茂才异等及第者，随即又被任命为将作监丞，知长水县。将作监丞官职从八品，已属京官，这为他此后的仕途洞开了大门，开辟了广阔前景。

范仲淹还当起月下老人，牵线促成了富弼成为资政殿学士、御史中丞晏殊的乘龙快婿。晏殊因举荐了范仲淹，和他结下了深厚的师生之谊。晏殊把自己女儿的婚事也托给范仲淹。范仲淹非常慎重，经过一段时间的考察，向恩师推荐了两位年轻人：一位是富弼，一位是张安道。晏殊问："二人孰优？"范仲淹说："公之女若嫁官人，某不敢知；必求国士，无如富某者。"晏殊一见富弼，非常满意，随即谈婚论嫁。

其实，晏殊的女儿也很秀丽贤惠。史载："元献（晏殊）之女，幼而慧悟，七岁善女工，盖得元献之秀气而贤，为女子之杰……年十八归于富氏。文忠初仕知河南长水县，家尚贫，夫人入其门，不以娇贵自处，宛若寒家子。其侍内外亲党，一之以和，闻人过失，置之不动声色。其自奉养，不择丰约，世俗之尚，淡然绝所欲……遇贫族之急难则出其有以济之，无秋毫爱也。"勤俭律己，不赶时尚，不爱虚荣，处事圆融，毫无娇贵之气。从晏殊女儿的身上，人们也看到了晏殊的良好家教。

七年之后，富弼召试馆职，授太子中允，直集贤院。这是文官，晋升为正八品，无疑是一位极富潜力的年轻干部了。庆历三年（1043），富弼任枢密院副使，至和二年（1055），拜相，历相仁宗、英宗、神宗三朝，位极人臣。

或许人们以为富弼有一位居宰相的岳父，自然官运亨通。其实，富弼实为北宋历史上热血报国、舍身忘家的忠义之士。当年范仲淹因谏废郭皇后而遭贬，远在河阳签判任上的富弼上书论救，批评朝廷"一举而二失"。进入中央政府以后，两人更是齐心协力，共谋国是。特别是范仲淹推行庆历新政，实行变法革新，富弼成为其最坚定、最激进的支持者之一。

宋辽战争期间，富弼两次出使辽国，立有大功。朝廷最初选的几个人都因内心恐辽而推诿不行。为此吕夷简推荐了富弼，而好友欧阳修因担心富弼的安危，建议仁宗采用“请留之，不报”的策略，即暂时不向辽方通报，以便更换人选。富弼闻知，当即请求陛见。他对仁宗说：“主忧臣辱，我不敢贪生怕死。”由此临危受命，慷慨北行。

从天圣元年与范仲淹在海陵相识，到皇祐四年五月范仲淹病逝为止，他们二人相交近 30 年。其中，两人同朝为官 22 年，他们的交往高尚而纯洁，亦如韩琦所誉：“与公并命，参竦万枢，凡有大事，为国远图，争而后已，欢言如初。”

皇祐四年五月，范仲淹转任途中病逝于徐州。富弼为其撰写祭文和墓志铭，他在《祭范文正公文》中泣血倾诉：

> 公在内史，我陪密幄，得同四辅之仪；公抚陕西，我抚河北，义分三面之寄。公既罢去，我亦随逝。从古罪人，以干魑魅。公我明时，咸得善地。自此蛊孽，毁訾如沸。必置其死，以快其志。公云圣贤，鲜不如是。出处以道，俯仰无愧。……公今死矣，忠义已矣，万不伸一，赍恨多矣。世无哲人，吾道穷矣。我虽苟活，与死均矣。师友僚类，殆三十年。一日弃我，悲何可存？我守蔡印，公薨彭门。我去无所，公来已

魂，我恸几绝，公闻不闻？

他们彼此之间，“相勖以忠，相劝以义”，勠力同心，抵御外侮，革新内政，忠君报国，鞠躬尽瘁，死而后已，确实达到了那种“出处以道，俯仰无愧”的至高境界，这种“忘年神交”的友谊，令人无不怀敬。

“文化知己”胡瑗

景祐元年（1034）初，四十二岁的理学家、教育家胡瑗到苏州一带设学讲授儒家经术。巧合的是1033年底，范仲淹因反对废后之事被贬谪到苏州任苏州知事。

有的人相见就是终结，而有的人一面就是终生。范仲淹与胡瑗正是后者，静水流深的命运之线把他们悄然“牵”到一起。

1034年，范仲淹在苏州奏请朝廷立郡学。他在南园开办郡学后，闻知胡瑗在苏州，遂请朝廷授其为苏州教授（相当于如今的教育局长之位），他还送自己的儿子范纯佑拜其为师。在范仲淹的鼎力支持下，苏州郡学很快就成为全城学府的楷模。

范仲淹为何如此敬重胡瑗呢？当然不是因为胡瑗是自

己曾经任职海陵的“故人”，而是因为十分看重这位“白衣”教育家勇于独树一帜、开创风气之先的教育理念。其实，范仲淹也是一位教育家，早在天圣五年范仲淹丁母忧时，曾受晏殊之聘掌管应天府学，执教席，授生徒，十分成功，受到了人们的高度赞誉。正是这段相同的执教经历，让他与胡瑗心意相通，相见恨晚，从此他们成了一生的“文化知己”。

胡瑗出生于993年，这是宋朝建立的第三十三个年头。此时的宋朝社会逐步安定，地处江淮地区的海陵城也日渐兴盛，五里长街，商号林立，园林逾百，寺庙遍布，成为以盐粮集散为主的中心港口城市。

胡瑗的父亲胡讷曾任宁海军节度推官，因其离任，不得不举家迁往如皋南门外的胡家庄，胡瑗就诞生在这个日渐贫寒的家庭。令胡讷倍感欣慰的是，儿子自幼聪慧，“七岁善属文”，十三岁通五经，并立下“以圣贤自期许”的远大抱负与志向。

二十岁时，胡瑗与孙复、石介等人到山东泰山栖真观求学深造。求学时他心志远大，十年不归，潜心研习圣贤经典。为了不让自己的心志受到干扰，每当拆开家书，见有“平安”二字，即投入山涧不再展读。三十岁开外的胡瑗从山东回到家乡，却是七次应考不中，失落的心境自然难以言喻。可是胡瑗却并未因此而失去自己的宏大志向。

北宋初期，教化不兴，风俗浇薄，当时的科举制度崇尚浮华声律，以诗赋取士，社会上普遍存在“苟趋禄利”、轻“教化”、重“取士”的风气，且各地也没有建立府学。针对取士只讲究诗词歌赋这一时弊，为培养出真正合格的致治之才，胡瑗认为必须建立“敦尚行实”的学校。于是他在四十岁时毅然放弃科举，主张“立学教人”，返回泰州城，在华佗庙旁的经武祠办起了一所书院，并以祖籍安定立名，称其为“安定书院”，此后他也被人称为“安定先生”。

胡瑗受请在苏州开办州学时，首开分斋教学法，将学科分为经义和治事两部分，经义科，学习儒家经典；治事科，则学习治兵、治民、治水、算术等多种实用学科。这大概称得上是中国最早的大学院系了。此后，湖州知州滕子京又千方百计延请，胡瑗即赴湖州任教授，一时使得“四方之士云集受业”。在湖州他提出了“致天下之治者在人才，成天下之才者在教化，教化之所本者在学校”的至理名言，创立了卓有成效的“湖学”，这就是中国教育史上著名的苏湖教法。

范仲淹深知，对于胡瑗这样的教育大家，重要的不只是理念上的认同，最好的相知相助是要为其提供更大的教育平台。为此，范仲淹向朝廷极力举荐胡瑗，他在其《奏为荐胡瑗、李觏充学官》中评价胡瑗：

> 志穷坟典，力行礼义，见在湖州郡学教授，聚徒百余人，不惟讲论经旨，著撰词业，而常教以孝弟，习以礼法，人人向善，闾里叹伏，此实助陛下之声教，为一代美事。

胡瑗一生“穷经以博古，治事以通今”。1036年，经范仲淹的举荐，胡瑗又以布衣身份，与知杭州的音乐家阮逸同赴开封，接受正急于雅乐改进的宋仁宗召见，并奉命参定声律，制作钟磬。历史上，各朝祭祀、朝会、宴饮、庆典都要奏乐，所奏之乐被称为雅乐，也叫宫廷音乐。在此之前，雅乐已更定过两次，一次是五代时期，一次是宋仁宗本朝。但两次更改都不令人满意，于是就有了第三次的更定。其间，他合乎古礼的文雅举止深得朝中要人的赞赏，事成后即被破例提拔为校书郎官，由此进入天子的视野之中。

庆历四年（1044），范仲淹倡导新政革新，提出，兴办学校、认明经旨、培养人才是其本旨。他在《上时相议制举书》中提出：“夫善国者，莫先育材；育材之方，莫先劝学；劝学之要，莫尚宗经。宗经则道大，道大则才大，才大则功大。”科举考试要“先之以六经，次之以正史，该之以方略，济之以时务”，从而“使天下贤俊，翕然修经济之业，以教化为心，趋圣人之门，成王佐之器”。

范仲淹的上疏，得到仁宗的赞同。于是“诏下苏、湖取其法，著为令于太学”。朝廷以东京开封锡庆院兴办大学，招收内舍生 200 人，采用胡瑗的苏湖教法制定了“太学令”。这些太学生从八品以下官员子弟和平民的优秀子弟中招收，大大拓宽了优秀人才进阶报国的机会与空间。到宋神宗赵顼时，扩建太学，增加学生名额达 2400 个，设八十斋，并重定太学条制，推行三舍法。至宋徽宗赵佶时，兴建辟雍作为外学，太学（包括辟雍）共招生 3800 人，同时废除科举，人才皆由学校选拔，太学达到极盛时期。

宋仁宗时期，还在各州县普遍建立学校，并且改革了科举考试的内容和评判的标准，这也成为庆历新政中的一大亮点。正如欧阳修在后来撰写的《胡先生墓表》中所说：

> 庆历四年，天子开天章阁，与大臣讲天下事，始慨然诏州县皆立学，于是建太学于京师，而有司请下湖州，取先生之法以为太学法，至今著为令。

毋庸置疑，胡瑗对宋朝的教育乃至其后中国教育的影响是十分深远的。

皇祐四年（1052），胡瑗升国子监直讲，主持太学，晋光禄寺丞。在任教过程中，他因学识渊博且教学得法，备受学生们的欢迎和敬重，当时朝中有半数的官员皆出自其门下，其影响力也是后人望尘莫及的。

嘉祐元年（1056），六十四岁的胡瑗晋升太子中舍暨天章阁侍讲，成为当朝太子的导师，同时兼太学协助博士的考教训导与执掌学规，在其仕途上也走向了人生的高峰。胡瑗虽身为命官，却一直保持师生平等的心态，在校园里形成了一种“沉潜、笃实、醇厚、和易”的学风，深得学生与朝中上下的敬重，就连神宗也敬称他为“真先生”。

嘉祐三年（1058），胡瑗积劳成疾，经仁宗皇帝钦准，赴杭州长子胡志康任所疗养。没想到胡瑗的离开惊动了整个京城，人们无不敬仰和感佩这位理学大家高尚的师德风范，结队前来相送的人竟然绵延百里不绝，其情其景感人至深，空前绝后。

胡瑗离去的背影定格成了一个崇文尚教时代为之仰望的高峰。苏东坡由衷感叹：“所以苏湖士，至今怀令古。”

嘉祐四年（1059），胡瑗病故，完成了自己终生为之开创风气、培养人才的使命。在他人生的后半场，人们看到了一直站在他身后的范仲淹。不难想象，如果没有范仲淹的无私荐贤，没有他识人知心的独具慧眼，又哪里会有胡瑗一生“白衣而为天下师”的辉煌呢？

胡瑗所创的教学规章，与后来朱熹所定的《白鹿洞学规》前后辉映，一起“雅饬化风，泽流于后”，恒久地载入了中国的教育史册。

"千古文友"滕子京

范仲淹与滕子京两人，一同于大中祥符八年（1015）中进士。巧合的是，当范仲淹赴海陵西溪任盐官时，滕子京也来到海陵任从事。

人生何处不相逢，相逢海陵更见情。在偏僻的海边，范仲淹与滕子京自然成了同声相应的好友。其后，范仲淹知兴化县令，主持筑捍海堰；滕子京千方百计全力协助，他俩由此结下了深厚的友谊。

滕子京任职之余，尤为热心当地的"文化工程"。他倡议修建了海陵文会堂，并在其落成之际热忱相邀范仲淹前来共贺。于是年轻的范仲淹欣然挥笔写下了《书海陵滕从事文会堂》诗章：

东南沧海郡，幕府清风堂。诗书对周孔，琴瑟亲羲皇。君子不独乐，我朋来远方。芝兰一相接，岂特十步香。德星一相聚，直有千载光。道味清可挹，文思高若翔。笙磬得同声，精色皆激扬。栽培尽桃李，栖止皆鸾皇。琢玉作镇圭，铸金为干将。猗哉滕子京，此意久而芳。

此时的范仲淹，还只是一个名不见经传的盐官，他的这篇诗章更多的只是在“朋友圈”里流传。不过从他“君子不独乐”的酬唱应答中，我们则能感知他“先天下之忧而忧，后天下之乐而乐”人文思想的最初“源头”。“文会清风”的雅集，给海陵留下了“此意久而芳”的一段佳话。

此后，范仲淹和滕子京离开海陵，各自走上了不同的仕途，而他们在海陵建立起的友谊却相伴一生。

范仲淹离开海陵，得晏殊相助，可谓平步青云，节节攀升。滕子京的仕途却并不如意，他被朝廷派去西北甘肃的泾州当知州。那是个边关阻隔、动乱无常的荒凉之地。其时，正值西夏大举攻宋，宁夏定川寨一仗，打得昏天黑地，血肉横飞。滕子京镇守城池，手中兵卒无几，不得已“乃集农民数千戎服乘城”。为了稳定人心、激励士气，他动用公款犒劳边关将士，祭奠英烈，抚恤遗属。然而，事隔一年，由监察御史梁坚将此事揭露出来，检举他滥用公款，“其间数万贯不明”，朝廷遂派出调查组前往调查。“泾州过用公款案”一时闹得沸沸扬扬。其间，幸得欧阳修、范仲淹从中解释，方未处刑，仅被贬官而已。于是就有了“庆历四年春，滕子京谪守巴陵郡”。

不过，人生的沉浮，似乎并没有影响滕子京对当地文化工程的热情。他到了岳州想着造福一方，于是又重修了岳阳楼。钱从何来？司马光在其《涑水纪闻》中对此曾有较为详细的记载：

> 滕子京知岳州，修岳阳楼，不用省库银，不敛于民。但榜于民间，有宿债不肯偿者，献以助官，官为督之。民负债者争献之，所得近万缗，置库于厅侧，自掌之，不设主典案籍。楼成，极雄丽，所费甚广，自入者亦不鲜焉。州人不以为非，皆称其能。

这是说当地的债主把无法收回的烂账债权献给官府，滕子京利用官府之力收债，得了近万缗钱，滕子京就是用这笔钱修建了岳阳楼。

人们对这种方式褒贬不一，如司马光所说，他虽然建了岳阳楼，但是他“自入者亦不鲜焉”。换句话说，就是滕子京以此“中饱私囊”，可也没有什么证据，真有点民意汹汹的意味。为官一方，真要想做出点不同于他人的政绩也是不易，自古亦然。

岳阳楼建成之后，滕子京给范仲淹写了一封《求记书》，还绘制了一册《洞庭秋晚图》一并捎去，恳请范仲淹为岳阳楼作记。我们不妨摘录其中的两段：

窃以天下郡国，非有山水环异者，不为胜；山水非有楼观登览者，不为显；楼观非有文字称记者，不为久；文字非出于雄才巨卿者，不成著。古今东南郡邑，当山水者，比比是焉，因山水作楼观者，处处有焉。莫不兴于仁智之心，废于愚俗之手，其不废而名与天壤齐固者，则有豫章之滕阁，九江之庾楼，吴兴之消暑，宣城之叠嶂，此外无过二三所而已。虽浸历于岁月，挠剥于风雨，潜消于兵火，圮毁于艰屯，须必崇复而不使隳斩者，盖由韩吏部、白宫傅以下当时名贤辈，各有记述，而取重于千古者也。

巴陵西跨城闉，揭飞观，署之曰“岳阳楼”，不知俶落于何代何人。自有唐以来，文士编集中，无不载其声诗赋咏，与洞庭、君山率相表里。宗谅初诵其言，而疑且未信，谓作者夸说过矣。去秋以罪得兹郡，入境而疑与信俱释。及登楼，而恨向之作者所得仅毫末尔。惟有吕衡州诗云：“襟带三千里，尽在岳阳楼。”此粗标其大致。自是日思以宏大隆显之，亦欲使久而不可废，则莫如文字。

透过《求记书》，不能不说滕子京对修建地方的“文化工程”还是有深刻见地的，他深刻洞见了文化对自然风景的永恒价值。确实，一个地方的风景名胜，如果没有人文精神的支撑，无疑是难以传之久远的。他谋划巨款修建岳阳楼，并请范仲淹作记，就是要将风景、古迹、人文“三者”合一。由此亦可见滕子京用情之切、用心之细，他是想借助好友范仲淹的大手笔，以张其政绩，并传之久远。

滕子京的求记信，深深打动了范仲淹。

庆历五年正月，范仲淹遭罢参知政事，知邠州；十一月，又改知邓州。庆历六年，仍在邓州的范仲淹收到了滕子京的求记信，如此盛情的邀约，触动了他对人生、对伴君勤政的艰辛和对现实民生疾苦的思考。可以想见，在那个月明星稀的夜晚，范仲淹忧国忧民，一声长叹，他将胸中起伏的思潮与想象中洞庭湖的万千气象，一起倾泻于笔端：

> 庆历四年春，滕子京谪守巴陵郡。越明年，政通人和，百废俱兴。乃重修岳阳楼，增其旧制，刻唐贤今人诗赋于其上。属予作文以记之。

这篇《岳阳楼记》仅369字，然而视角独特，内容博大，气势磅礴，哲理精深，字字珠玑。

> 嗟夫！予尝求古仁人之心，或异二者之为，

何哉？不以物喜，不以己悲；居庙堂之高则忧其民；处江湖之远则忧其君。是进亦忧，退亦忧；然则何时而乐耶？其必曰“先天下之忧而忧，后天下之乐而乐”乎！

畅如泉涌的文思，洞察世事的目光，涤荡千钧的笔力，让他一吐心中的郁积，最终凝聚成了中国文化史上永恒的佳作。它仿佛是范仲淹早年《书海陵滕从事文会堂》诗章的续篇，所不同的是，经历了20余年的人生起伏，范仲淹忧国忧民的济世情怀愈见浓烈，他所高标的“先天下之忧而忧，后天下之乐而乐”精神旗帜，也正是他早年在海陵倡导“君子不独乐”思想的延续。

正如滕子京所期待的那样，岳阳楼伴随“先天下之忧而忧，后天下之乐而乐”这一千古名句而名播天下，并深深烙进了中华民族知识分子的心灵中。

滕子京与范仲淹相比，其政绩自然难以望其项背。但是他给后人留下了一座岳阳楼，将自己的名字与千古文友范仲淹不朽的《岳阳楼记》一起刻进了历史。

“德星一相聚，直有千载光。”虽然范仲淹在海陵为官的时间只是“短暂的一瞬”，他与晏殊、吕夷简、富弼、胡瑗、滕子京等结成的“海陵朋友圈”却因此而辉映千年，流芳百世。

江南湖海

初冬，走进梅里，仰望泰伯庙；徜徉鸿山，拜谒泰伯墓。沐浴在至德高风的冬阳里，我的眼前千年风云奔涌而来。

这是一片厚土，深植江南湖海开拓包容的基因；这是一泓蔚蓝，滋养了诗意天堂的无限畅想。

一

那是流传千年的经典故事，更是智慧人生的选择样本。

3200 多年前的殷商晚期，大周部落首领古公亶父在君位传承上看重了有圣德的幼子季历，他的长子和次子泰伯、仲雍闻悉，即以上山采药为名，悄然离开故国，跋山涉水一路南迁。他们来到太湖边上的一方高地时，恰逢遍地盛开的野梅灿若云霞，于是停下了向南迁徙的脚步。他们入乡随俗，将那些神秘的蛇虫文在脸上、身上，而这里也有了一个诗意的地名——梅里。

从那一刻起，江南的青山绿水成了他们永远的家园。

一次退避千里的智慧“远隐”，催生了中华民族历史上雄阔厚重的北方文化与灵秀开放的荆蛮文化前所未有的融合，由此也成就了近 800 年的大周王朝。

“泰伯，其可谓至德也已矣”，孔子因此发出了流传千年的感叹，而司马迁则在《史记》中用赞誉的笔调记述了一个不朽的传奇："泰伯、仲雍二人乃奔荆蛮，文身断发，示不可用，以避季历。"

往事已矣。泰伯不慕权位的礼让至德令人敬仰，不与世人一般见识，不与至亲争一时之长短，这样的气度同样赢得了荆蛮先民的爱戴："荆蛮义之，从而贵之者千余家。"他们一起创建了江南历史上第一个文明古国——"勾吴国"，"数年之间，民人殷富"。显然，他是以行动在证明自己治国理政的才能和德被天下的志向。

二

决定一个人命运的，我以为并不只有礼让，还在于他是否拥有上善若水的品性，是否具有开拓包容的气度。身为北方人的泰伯，似乎更能融入这片湖海泽地，拥有圆融通达的湖海襟怀，真可谓"智者乐水，仁者乐山；智者动，仁者静"。

为了消除梅里一带的水患，泰伯开挖了江南最早的人工河——伯渎河，它早于京杭大运河近 700 年。之后，历经千年的伯渎河又与京杭大运河相连，成为贯通太湖与长江的漕运枢纽，进而成为吴地走向世界和富庶繁华的一条血脉。如今，伯渎河依然在不舍昼夜地浸润着梅里与鸿山。从这个意义上说，正是泰伯最早为江南打开了通江达海的宏阔视野，为这方土地植入了上善若水的人文基因。

“始见吴郡大，十里郁苍苍。山川表明丽，湖海吞大荒。合沓臻水陆，骈阗会四方。”这是唐朝曾任苏州刺史的韦应物在《登重玄寺阁》中的诗句，诗人给我们构建了湖海相连的诗意空间，也开启了我们审视江南湖海的另一个维度。

是的，在古地理学家的眼中，太湖与黄海早在一万多年前就有了互为依存的联系。那时地球还处于末次冰盛期，全球变暖，使得冰川融化，海平面上升，终于，黄海爆发了一场蓄积已久的全新世大海侵。当海侵的大潮平息之后，渐渐有了太湖这一泓柔美的湛蓝。

历经千年，昔日苦咸的海水渐渐演变成怡人的淡水湖泊。温暖湿润的生态，四季分明的气候，使得这片荆蛮之地草木丰茂，鱼翔浅底，鸟兽成群。由此，远古人类沉重的足印惊动了这片蓝色的湖水。

2000 年，伯渎港畔彭祖墩遗址的发掘，给我们展示出远古太湖的烟火气息。这里东南西三面环水，状如大蘑菇头，专家发掘发现，此地是长江三角洲最早的新石器时代文化遗址。在其房舍基地、灰坑、墓葬中发现的石刀、石斧、石纺轮、陶盆、陶釜、陶鼎及玉器等，根据碳 14

测定，距今已有 7000 多年的历史。它向我们证明，其时生活在黄海之滨的彭祖墩先民，已能制造工具进行狩猎、渔牧、农耕，制作器具用来祭祀、生活，制造玉器用来装饰，其文明程度当与黄河流域的仰韶文化相当。

也许，这才是吴地最为深层的湖海基因，它让文明的涓滴之水汇聚成太湖更为久远的历史源头。

三

自泰伯、仲雍到寿梦、阖闾，600 多年的岁月转瞬即逝，而湖海襟怀却为一代代吴王传承，他们纵横捭阖，开疆拓土，日渐强盛。

《史记》记载："寿梦立而吴始益大，称王。"自此，吴王崇武尚智，走出太湖争霸天下的雄心日渐显露。

公元前 515 年，"阖闾立，始迁都姑苏"。从此结束了梅里作为勾吴国都近 6 个多世纪的历史。

从寿梦到阖闾的 60 年，是吴国争霸天下、纵横南北的 60 年，而富有战略眼光的吴王则率先开启了连接长江、贯通黄海的浩大工程。

吴国从胥溪挖了一条运河到太湖，通过太湖再到宜兴、高淳，最终进入长江。此后，夫差十年欲伐齐晋，以霸中原，又组织民力开通了连接长江、淮河，通达黄海的邗沟，它也成为京杭大运河的肇端。

吴国为此建立了中国最早的水军，伍子胥在其所著的《水战兵法》中，记录了中国最早的兵船以及作战方式。在春去秋来的岁月里，吴国续写着兴衰更替的铁血故事。

公元前 506 年，吴王阖闾亲自挂帅，以伍子胥、孙膑为将军，率领 3 万水陆大军坐着战船，逆江而上进入淮河，以奇袭的方式在柏举大败楚军，五战五胜，击溃楚国 20 万大军。这是军事史上经典的以少胜多的战例。

公元前 486 年，吴王夫差借助邗沟一次次挥师北上，大败齐国，疆界北扩。公元前 482 年，他又一次倾举国之力由黄海北上黄池，用武力迫使会盟诸侯就范，终成一代霸主。

胜负有道，兴衰无常。几年后，越国勾践以其“十年生聚，十年教训”的血亲复仇，终于打败夫差，吴国因此而亡。一代具有宏图大略的争霸者，最终成了传承近 700 年的吴国终结者。

财富的增多，那个曾经合纵连横、骁勇善战、轻死易发的悍勇吴地，终于变得温婉精细起来，在无数政权的更替中，在江海湖泊的浸润中，逐步内敛为谦和沉毅的性格底色，它与湖海开放的基因一起恒久地注入了江南人的精神气质里。

四

百川朝宗，江湖入海。历经千年，吴地因为坚定地走向海洋而日渐繁盛。

汉朝的吴王刘濞治吴40年，励精图治，“即山铸钱、煮海为盐”，就是利用鄣郡的铜来铸钱，利用沿海的优势发展盐业，使其富可敌国，成为“有诸侯之位，而实富于天子”之人。

孙吴时期，因为临江控海，太湖地区一跃成为全国造船中心之一，通过海路，满载着丝绸和青瓷，使得东吴的船只扬帆远航，驶向了辽东、朝鲜半岛和东南亚地区。

到了唐朝，历经五次东渡失败的高僧鉴真，第六次东渡就是从吴地一个叫泗浦的港口出发，终于将大唐的佛法传到了日本。

明朝，一位四品官员郑和，率领规模庞大的舰队又一次从吴地的刘家港起锚，远涉重洋……

通江达海的地利，富足了经济，开阔了视野，也润泽了文化。这里耕读传家、诗书传世蔚然成风，在靠水而居的宁静中，吴地一批批志向远大的士人、状元、才子们不断崛起。他们闻名遐迩，引领潮流，各自以其独特的生命姿态和人格魅力，在中国的文化史上，闪烁着璀璨的光芒。

梅里鸿山古镇只是文化江南的一个侧影。

自春秋以来，这里代有名人，既有孙武、专诸、要离在此叱咤风云名扬四方，也有东汉时梁鸿夫妇在此隐居，留下了“举案齐眉”的千古佳话。明清时期，还出现了巨商邹望、状元邹忠倚、大书家钱咏、文学家邹弢，到了近现代又涌现出一代国学宗师钱穆，“三钱”之一的科学家钱伟长，著名的音乐家、音乐理论家钱仁康，新中国美术出版事业开拓者邹雅（亚明），走向世界的力学大师钱令希……他们以其积聚久远的执着和勤学，在不同的领域开拓创新，成为千年古镇的骄傲。

时间见证一切，也在重塑一切。

人们感叹于烟雨的江南、隐逸的江南、匠心的江南、诗意的江南，而我却从流淌千年的伯渎河中，从包容宏阔的太湖水中，听到了永远澎湃的大海回声。

岁月不老，湖海永恒。奔流到海的追求，刚柔相济的能力，避高趋下的谦逊，海纳百川的大度，滴水穿石的毅力，目光四射的眼界，这就是江南湖海涵养的品质，更是这方土地生生不息的无限活力。

堤越千年

我的目光被纵横于大地上的一道道海堤、江堤、湖堤、河堤所吸引——

无论是迎风观海，还是临江跨河，每当我行走在这些坚固的大堤上，仿佛都能听到悠远的风雨涤荡的人间悲歌，遥见历史深处搏击风浪的伟岸身影，感知不同朝代良政与劣政的治水得失，进而读懂那些穿越时空的不朽章回。

岁月浩漫，千年一瞬。人类惊心动魄的治水用水史，又何尝不是一部前赴后继、治理江海湖河的筑堤护堤史？放眼江淮大地，绵延的水系迭代迁移，唯有一道道逶迤伸展的堤坝，历经沧桑，屹然矗立。

堤——人类御水的智慧凝聚

“生物其始为水。”千百年来，先人们逐水而居，集聚大江大河之旁。圣哲们凭水而望，积淀了深厚的观水智慧，传承下丰富的治水实践，创造出兴利除害的灿烂文明。

水之多寡，则洪、涝、旱灾相伴相随。水多，泛滥成灾，田园荒芜，哀鸿遍野；水少，禾苗干枯，五谷歉收，人饥相食。因而，历朝历代无不期盼风调雨顺，天下安澜生息。

堤的形态出现于何时？相传尧舜时代，“洪水横流，泛滥于天下”。危难之际，鲧受四岳部落举荐，担当起治水重任。他引领各个部落去填土堰塞，以“障洪水”，留下了“鲧堙洪水”“筑堤壅防”的伟岸身影与不朽传说。所谓“障”者，即为修筑堤防。《说文》曰“防乃堤也”，“筑土障水为防”。《管子·度地》中说：“大者为堤，小者为防。”这是人类最早抵御水灾的方式之一。

于是，“筑堤壅防”被永恒地定格在了历史深处。从此，堤——成为昭示后人的一次壮阔托付，成为人类与水不懈搏斗的智慧凝聚，更成为一代代人书写在莽莽原野上的不朽诗行。

鲧治水失败后舜“殛鲧于羽山”，而他“筑堤壅防”的举措，却为大禹及其后人堵疏并举的治水实践提供了借鉴。

大禹踏着父辈的足迹，走遍各地，逢山开山，遇洼筑堤，疏通水道，引洪水入海。庄子曾借墨子之口称赞说：“昔禹之湮洪水，决江河而通四夷九州也。名山三百，支川三千，小者无数。”其间，禹为把黄河之水导入东海，也效仿父亲的办法用太行山的石头在黄河两岸筑起坚固的堤坝，以遏制泛滥的黄河水患。这种百折不挠造福苍生的执念与情怀，历经千年沧桑，凝聚成中华民族绵延不绝的精神源泉。

与古老传说互为印证的还有杭州良渚古城遗址的发

掘。这是一个具有早期城市形态特征的大型聚落遗址，5000年前，良渚先民们在这里围堤筑塘、兴修水利，其古城外围水利工程由11条堤坝组成，影响范围超过100平方公里，这是目前所知同时期世界上规模最大的河堤建筑，也是世界上所知最早的拦洪堤坝，它们凝聚了一个古老民族驯水治水的意志、胆识、襟怀和智慧。

凡是有堤的河流，人与水总是和谐相望的，那是一种依托，一种守护，也是一道道别样的风景。大江大河，堤岸逶迤，水流奔腾，帆樯片片，艨艟联翩。小河小堤，两岸坦荡，寻常人家，傍堤而居，田畴绵延，炊烟袅袅，犬吠鸡鸣，岁月静好中呈现出一幅幅怡然安逸的生活景象。

堤因人兴，它是凝聚先贤们智慧与情怀的口碑。远在先秦时期，江苏就流传着泰伯开伯渎河、伍子胥凿胥河、春申君黄歇疏浚芙蓉河等一系列故事。不难想象，在那些人工开挖的河流旁，先贤们疏浚河道，筑土成堤，守护一方苍生，不只改善了当地的农业生产和发展条件，也极大地促进了地域文明的历史进程。

泄水毁堤，也会成为远古时期战争中的非常手段。传说中的共工就是其中的一位，他为打败对手，“欲壅防百川，堕高堙庳，以害天下”（《汉书·沟洫志》）。春秋战国时期，各国普遍在河流两岸修筑堤防。“堤防之作，近起战国，壅防百川，各以其利”（《汉书·沟洫志》），它们一方面可以用于防患河水泛滥成灾，另一方面则可以增强地理之险要，防御外侵。在那个合纵连横烽烟四起的时代，齐与赵、赵与魏、韩与魏、魏与秦，都曾以黄河为界，竞相沿河修筑堤防，对外则自称是“筑防以为长城”。

广为流传的“三家分晋”的典故，正是源于一段筑堤淹城的历史。晋国曾是中原霸主，春秋后期裂变为智家、赵家、韩家、魏家四家，其中智家最为强大。智伯专门邀约韩康子、魏桓子攻打不服管的赵襄子，准备筑坝水淹晋阳城。智伯因此很是得意，对韩、魏两人说：“我现在才知道大水也能灭掉一个国家呢。”《史记》载：听到智伯这句话后，“桓子肘康子，康子履桓子之跗”，用今天的话说，就是魏桓子用胳膊肘子碰了一下韩康子，韩康子也踢了一脚魏桓子。两人为此心惊：今天智伯可以水淹晋阳城，说不定哪一天也可以用汾水灌安邑（魏），用绛水灌平阳（韩）啊。于是，韩、魏一起联合赵，突然反攻智伯。最为强大的智伯被韩、魏、赵联手打败了，晋国的土地被三家平分了。三国因此不断壮大，成为中原有名的“战国七雄”之三。

一场恶意筹谋的筑堤水战，骤然间改变了春秋战国时大国之间的平衡。

历史上为害最烈的还有几次人为的黄河决堤：如南宋建炎二年（1128），东京留守杜充（岳飞的部下）在李固渡西决黄河大堤，企图以黄河之水阻遏金人南下；金章宗明昌五年（1194），金人在阳武再次人为决堤。这两次人为的决堤，致使黄河之水挟带着大量高原泥沙，在千里淮北大平原倾泻而下，给淮河造成了长达700多年的水患。那是惨绝人寰的无数噩梦，更是一个民族刻骨铭心的无限悲怆。

堤与河、堤与江、堤与海——那是相吸相拥的恒久凝视；而堤与人，则是一首悲喜交加的壮阔长歌。

堤——历经千年的不朽史诗

中国拥有世界上最长的流淌千年的人工运河，同样还拥有世界上最长的历经千载的伟岸长堤。

洪泽湖、白马湖、高邮湖、邵伯湖，那一道道与湖泊相伴相依的绵延大堤，气势宏伟，树木葱茏。它们是江淮千里平畴的牢固防线，更是千万百姓安宁生活的坚实屏障。

大运河的开凿，历经无数风云际会的沧桑岁月。

春秋后期，吴王夫差为了北上争霸，开挖了沟通江淮的古邗沟，而秦朝则开凿了灵渠，贯通了长江与珠江水系。此后，汉武帝为了使黄河下游的粮食和贡赋顺利运达京城长安，又开凿了一条连接长安与黄河的人工运渠——漕渠。东汉末年，曹操北上用兵，先后开凿了平虏渠、泉州渠、新河等一系列运河，沟通了黄河、淮河、滦河流域。隋朝统一中国后，隋炀帝以其更加宏阔的战略视野，从政治、经济需要的大局出发，倾全国之力，调用百万民夫，开挖由永济渠、通济渠、邗沟和江南河湖水系组成的人工运河，终于将海河、黄河、淮河、长江和钱塘江五大水系连接在一个巨大的水系网络之中，形成了贯穿中国南北的大运河。

隋朝时期的运河有多宽呢？“渠广四十步（20丈），通龙舟；两岸为大道，种榆柳，自东都至江都二千余里，树荫相交。”逶迤的大堤千里绵延，两岸的榆柳随风摇曳，人在堤上走，船在河中行，这是一幅何等壮阔的运河风光带的画卷啊！不能不说，只有一个强大的王国，才能实现河流千里“通运四方”的恢弘梦想。

两百年后，唐代诗人李商隐沿着运河行走，禁不住诗兴勃发，挥笔写下了《隋堤》：“乘兴南游不戒严，九重谁省谏书函。春风举国裁宫锦，半作障泥半作帆。”这首诗冠名以“堤”，其实写的却是人。在风华流美的叙述中，诗人将举国、宫锦与障泥、船帆作对比，感叹一代帝王听不进谏言的刚愎自用，不着一字地表露出隋炀帝的骄奢淫逸。

史书载：隋炀帝下江都乘的龙舟有四层，高达四十五尺，长二百尺，上层有正殿、内殿、东西朝堂；中层有户百二十间，皆饰以金玉；下层为内侍居住。萧皇后乘的翔螭舟，形制比龙舟小一些。另有“浮景”九艘，高三层，皆是水上宫殿。此外，还有漾彩、朱鸟、苍螭、白虎、玄武、飞羽、凌波、五楼、道场、玄坛、楼船等数千艘，载着后宫、诸王、公主、百官、僧尼、道士、外藩以及内外贡奉之物。据说，这些船只仅用挽船士就达八万余人，其中挽漾彩以上的有九千多人，被称为“殿脚”，他们皆以锦彩为袍。这大概就是李商隐“春风举国裁宫锦”诗句的由来吧。

是的，千里运河的贯通，挥霍掉了数不尽的金银财富，沉埋了无数平民百姓的冤魂。然而，大凡历史上的不朽工程，哪个不是源于强权者的深谋远虑和激情勃发的战略构想？万里长城如此，千里运河也是如此。

王朝更迭，人世沧桑。伴随诗人消逝的身影，历史早已翻过了那页曾经的奢华，唯有大堤上的柳枝依然婆娑，生长的草木依然繁盛，两岸的炊烟依旧在袅袅升腾……

那是穿越千年的深刻凝视：中国的封建王朝正是依靠着这条大河，才进入到一个前所未有、昂扬勃发的青春时代。

伫立运河之畔，不能不注目比邻的洪泽湖大堤，在千年风雨的涤荡中，它以其稳固宏阔的臂弯与身躯，坚定地守护着身边的一座城和一条河。

隋朝时，洪泽湖大堤在淮安境内一度达300里，如今还有70.4公里长。它面对的是拥有1597平方公里水面的洪泽湖，而其身后守护的则是20多万平方公里的耕地。

洪泽湖大堤前身为“高家堰”。东汉建安五年（200），广陵太守陈登注重开发水利，发展灌溉。为防御淮水东侵，他率军民筑高家堰三十里。正是在此基础上，后人才逐步建起了绵延千年的洪泽湖大堤。

岁月悠长，风浪难平。这里历经过一次次毁堤决隘的灾难：

明洪武二十四年（1391），黄河之水全部流入淮河；

明正统元年（1436），黄河之水开始倒灌青口，“黄河、淮河发大水，淮北、淮南大水，房屋、牲畜受淹严重，邗沟湖堤、涵闸有损毁，里下河始见淮河洪患”（《江苏省2000年水旱灾害表》）；

隆庆四年（1570）、万历三年（1575），洪泽湖大堤两次发生决溢，淮河下游损失惨重。

世有大勇，英雄常在。这里有过无数次奋力抗争水患的历史定格：

万历四年（1576），一度被削职为民的潘季驯再次被任命为右都御史兼工部左侍郎总理河漕，奉命治理黄河和大运河。潘季驯一生四次治理黄河，主持修筑过缕堤、遥堤、格堤，保证了黄河、淮河、运河的多年安澜。万历八年（1580），潘季驯重筑洪泽湖大堤，在九龙湾决口处始改建为石堤，直立的20多层石工墙，都是由精选雕凿的千斤玄武岩条石砌成。这项工程直至乾隆四十一年（1752）才修建完工，历经明清两朝171年，前后用了60 000多块千斤条石，算是洪泽湖历史上耗时最长的工程。

康熙十年（1671）夏，黄、淮并涨四溢，砀山以东黄河两堤岸决口21处，黄河倒灌洪泽湖，高家堰决口34处，淮水冲入里运河，运河堤决口300丈（1000米），水淹淮、扬7个州县，漕运一时阻塞。康熙十六年（1677）靳辅受命为河道总督，采取“疏浚、筑堤”并举的方式，加固洪泽湖大堤，堵闭了30多个决口，抬高洪泽湖水位。同时，恢复黄河入海出路，在清河口开掘四道引河，疏通淮水入黄河通道，最终实现了“黄、淮故道次第修复，而漕运大通”的喜人景象。

清道光四年（1824）冬季，天气凛冽严寒，浪之所经，旋时冻结，百里长堤，形若琉璃。由于暴风、冰凌的猛击强摧，洪泽湖大堤周桥段溃决，冲刷成一个近30米深的大塘，直接威胁到大堤一侧的平原。林则徐奉旨修堤，前后耗时6年，在大塘外围修建起一条800米长的条石“内堤”，堤顶宽度达33米，挡住了汹涌的洪水，解除了周桥一带的水患，而林则徐也因此恒久地站立在百姓的心中。

与扬州运道相伴的高邮湖大堤，同样承载了长歌当泣的历史沧桑。

早在 2000 多年前，高邮湖就与吴王夫差开挖的古邗沟相连接。此后，历经不同朝代的拓展，最终形成了北起淮安宝应交接处的小涵洞，南至长江边的瓜洲镇，中段沟通高邮湖、射阳湖、邵伯湖、白马湖等主要湖泊，长达 156 公里的水上运道。

宋光宗绍熙五年（1194），淮东提举陈损之最早提出："高邮、楚州之间，波湖渺漫，茭葑弥满，宜并立堤堰，以为潴泄，庶几水不泛滥，旱不至于干枯。"此后，"自扬州江都至楚州淮阴筑堤三百六十里"。

明永乐五年（1407），漕运总督陈瑄全面督浚真扬运河。为了蓄水增加水源，他一次次大手笔"筑高邮湖堤"，并在堤上修建了便捷纤道。永乐九年（1411），为抵御高邮湖风浪，又加修高邮城北至张家沟堤三十里。宣德七年（1432），陈瑄再筑高邮湖大堤向北延伸，并在堤内开河四十里，"障以木桩，固以砖石，决而修复"，以避风涛之险。他还增筑了宝应、白马湖等沿湖长堤，由此，高邮湖的运输能力大为增强。同时，陈瑄又在淮安至扬州沿湖大堤上，先后建起了 47 座减水节制闸，使"湖水溢则泻以利堤，落则不闭以利漕"，并规定："限水位七尺以下，蓄以济漕；七尺以上排往堤东各湖，会以射阳湖以入海。”这些工程不只利于漕运畅行，利于平原农田灌溉，也实实在在地保障了沿湖区域的民生。

在浩繁的典籍中，也记载有高邮湖长堤一幕幕撕心裂肺的悲惨场景：

嘉靖三十年（1551），黄河、淮河汇流南下，宝应以南，运道湖堤溃决。由此，其灾害连年不断。

万历三年（1575）八月，洪泽湖大堤决口，大水涌入高邮湖，导致清水潭、丁志口等运河堤防决口，洪水汹涌而下，里下河地区一片汪洋。就连刚刚到任不久的高邮州判官罗文翰，也在参加堵口抢险时不慎滑落急流之中，被洪水吞没。

康熙八年（1669）、康熙九年（1670）、康熙十年（1671）、康熙十一年（1672）、康熙十二年（1673），位于高邮城北20多里的清水潭连年决口。康熙十五年（1676），清水潭再次决口，宽达300余丈（约960米），深达7—8丈（22—25米），泰州人吴嘉纪在其《堤决》中，为后人记录了当时的悲惨场景：“田桑溪柳栖野鸭，洪水西来崩我堤。村村稻苗今安在，川飞湖倒接大海。”

清朝乾隆多次南巡，他都把漕运畅行和堤坝安全作为重中之重。乾隆第一次南巡，经过高邮时看到“堤岸高于屋，民居疑地窨”，感叹“嗟我水乡民，生计惟罟霖”。第六次南巡结束后，乾隆在其撰写的《南巡记》中说，“南巡之事莫大于河工”，“河工关系民命”。这是他当政的剀切感悟，又何尝不是对后人的深刻警示！

时光荏苒，湖泊无声。如今的高邮湖大堤环湖如带。深秋时节，遥望湖堤，林木斑斓，水波渺漫，淡远如画。堤内，楼房林立，平畴延展，满目金黄；堤外，水波粼粼，艘艘驳船，奋力争流。

沿着长堤行进，时见那些穿越岁月的治水遗迹：这里有昔日的泄洪故道，有迁移水道的东堤、西堤，还有御马头、耿庙石柱，它们无不向人们诉说着那些曾经刻骨铭心的历史记忆。

长堤伟岸，昂首矗立；前赴后继，守护安澜。那是一首首人与江河不息抗争的浩然长歌，那也是人与自然互为依存的不朽史诗。

堤——福泽绵延的捍海屏障

万川归海。先贤们的治水目光也投向了那片绵延近千余公里的黄海岸线。这里不只是江淮水系泛滥的泄洪出口，更有着开发盐业和种植业的巨大空间。

隋唐五代以后，因战乱，北方人口大批南迁，江淮地区和苏南地区由此得到快速开发。而大运河的开凿与江淮平原灌溉的兴起，也使得运河沿线的城市日渐繁荣，进而带动了沿海一带的开发。从海州、涟水，到阜宁、海安、海陵，再到大丰、东台、如皋等沿海一线，一个个盐场得以快速扩张，逐步成为自唐以后上缴朝廷赋税的重镇。为守护这些海盐产区与日渐兴起的滩涂种植业，抵挡海潮侵袭的捍海堰应运而生。

最早的捍海堰出现在古海州一带。这里成陆较早，自古人气集聚，经济开发历史悠久，有“东海名郡”之誉。《北齐书·杜弼传》为我们留下了江苏海塘建设的最早记载：“杜弼行海州事，于州东带海而起长堰，外遏咸潮，内蓄淡水。”在这极简的记载背后，给人们留下的则是东魏时期筑堤御海的宏阔场景：大海之滨，成千上万的先民在杜弼率领下，冒着严寒，迎着海风，齐心协力，奋战海边，历经艰辛，修建起一条漫长的捍海堰。这条长堰不仅保护了大面积的耕地，也保障了灌溉的淡水，给临海而居的百姓带来了丰收富足的希望。

《太平寰宇记》中记载：隋开皇九年（589）和唐开元八年（720），东海县令张孝征与元暖，分别在东海修建了西捍海堰和东捍海堰。其中的西捍海堰，位于东海县北三里，南接谢禄山（今南城西山），北至石城山，南北长约 63 里，高 5 尺（1.7 米），这是我国早期海边长度最长、规模最大的一项工程。百年之后的元暖，则带领当地民众由南城县衙东3里处，修筑了另一条捍海堰，又被称为“东捍海堰”，由西南九岭山起，至东北方向的大西山止，长达39里。两条捍海堰在当地发挥了外挡海潮、内储淡水的作用，使山海之间的广阔平原耕地获得了灌溉之利。

海州人与海洋的抗争经久不绝。海州境内著名的堤坝还有：洪武年间（1368—1398），王规从南云台山的大岛山至凤凰城（今南城），依山势筑了一条长达500里的捍海堰，史称“王公堰”；此后，人们“在州南，东至板浦，西抵涟河”这一南北要地处修建了“杨公堤”；清乾隆年间，海州知州卫哲治修筑了南、北六塘河堤堰及盐河石坝。连云港沿海一带还建有洪门坝、永安堤、银山坝、石闼堰等，这些工程都具有相当规模。如今，这些堤坝大多无存，而绵延的历史却为我们定格了那一幕幕久远的记忆。

秦汉时期，盐业在淮南一带快速发展，到唐宋两朝，伴随滩涂陆地的淤长，盐城一带日渐兴盛：“唐前为海中之州，长百十六里，州上有盐亭百二十三，岁煮盐四十五万石。”（南宋王应麟《通鉴地理通释》）这里设有盐场监专管盐课，一度有“富甲东南”之说。只是广袤的滩涂坦荡无际，时常遭受海潮侵袭，临海的无数亭灶因此被毁，大批的田舍被瞬间淹没，使之成为影响朝廷税源和当地民生的巨患。

唐大历年间（766—779），淮南黜陟使李承决心在盐城、海陵二监之间筑捍海堰："李承……奏置常丰堰于楚州以御海潮，溉屯田瘠卤，收常十倍。"(《旧唐书•李承传》) 这条长达142里的捍海堰，史称"常丰堰"。

专家考证，苏北平原北起阜宁北沙，沿串场河经盐城、草堰、刘庄入东台市境，往南抵海安一线，有一道天然沙堤——东冈。常丰堰就是依托这一天然沙堤的"冈身"修建而成。常丰堰建成后，"亭灶附依，尤利盐事"，"遮护民田，屏蔽盐灶，其功甚大"。自唐至五代及北宋，大堤修筑逐步延伸至海陵一带。北宋开宝年间（968—975），泰州知州王文祐又将常丰堰延筑至东台城南（隶属海陵）。因年代久远，大堤抵御不住日夕海潮的冲刷浸蚀，及至北宋时期，已是日渐颓圮。

而依托常丰堰修建的另一道捍海堰——"范公堤"，则成为海陆之间又一道兴盛盐业和守护百姓的坚实屏障。

北宋天禧五年（1021），正值隆冬，雪雨连旬，潮势汹涌，范仲淹调集泰州、扬州、盐场等地民工，与他们一起修堤。然而，天有不测风云，因"风雪大至，潮汹惊人"，致使"兵夫在泥泞中死者二百余人"。事后，"道路蜚语，谓死者数千，而防不可复"。朝廷遂令停工，并令两淮都转运使胡令仪勘查工地。"令仪常宰海陵，熟知其厉害，乃抗章奏请必成之。”其时，又遇范仲淹丧母，离任回乡守孝。即使如此，范仲淹仍是一心想着修堤之事，“犹遗书坚纶志”。范仲淹走后，“纶自请兼知泰州，以总其役”。张纶、胡令仪力排众议，继续修堤，整个工程从天圣五年（1027）秋，到天圣六年（1028）春完工。嘉庆《东台县志》载：“自是流移复业者三千余户，人呼为范公堤，以仲淹力赞之也。”

西溪盐仓年进出海盐 60 万石，相当于唐代全国盐税收入的一半。由元至清，东台 10 个盐场所纳盐税达全国盐课的三分之一，淮南“中十场”成为名副其实的国帑摇钱树。明末清初诗人吴嘉纪在其咏范公堤诗中赞誉：“茫茫潮汐中，矶矶沙堤起。智勇敌洪涛，胼胝生赤子。西塍发稻花，东火煎海水。海水有枯时，公恩何时已。”

范公堤成为一座铭刻人心的历史丰碑。

在盐阜沿海一带还有一道与范公堤齐名的宋公堤。这是时任阜宁县首任县长宋乃德带领百姓修建的海堤。盐阜地区曾经流传着一首民谣：“由南到北一条龙，不让咸潮到阜东。从此无有冲家祸，每闻潮声想宋公。”

潮起潮落，大堤巍然；福泽绵延，人心可鉴。

堤——江河安澜的现代跨越

长江江苏段左右两岸岸线总长800多公里。自古以来，每逢长江大洪水后，都会发生江岸崩塌、河势变化等一系列险情。在那片江海之间，南通的张謇挺身而出，成为保坍治江工程实践的引领者。

张謇是一位实业家、教育家，也是中国近代水利史上的一位先驱。光绪三十二年（1907），为了实现保坍护乡，他成立"南通保坍会"，自筹资金修筑丁坝，筑江堤6000米，到民国十六年（1927），前后十年间，共筑长江堤防工程约9公里，筑楗18座，加之在沿岸险要地段抛石护滩，使得南通江岸日趋稳定。

在率先实践的基础上，张謇又提出了"治江三说"：一是为治全江计，应呈明政府，联合湘、鄂、赣、皖、苏五省水利人士，设立长江讨论委员会，以南京为会所，南京居下游，治江当从下游始；二是由湘、鄂、赣、皖四省遴选优秀知识青年进河海工程专门学校学习，培养专门水利人才；三是为江苏计，境内长江干流，宜做统一规划，分段治理。为此，他还对长江治理进行整体规划，提出要顺应水性，从全局统筹治理，切不可"囿于局部利益而利己壑邻"。

在中国水利史上，张謇以其前瞻性的视野和远见卓识，推动了中国传统水利向近代水利的深刻变革。他创办了南京河海工程专门学校（河海大学前身）等多所学校，设立北洋政府导淮局（后改为全国水利局）、扬子江水道讨论委员会（长江水利委员会前身）、江浦测量局等多所水利机构，进而改变了传统农耕社会人人皆可言水利的历史，实现了通过专门水利管理机构和水利专家进行科学治水的历史性跨越。

如今，在水系纵横的淮北平原之上，在川流不息的沿江流域，在穿越千年的运河两岸，那些牵引人心的无数堤防，正从传统的安全工程逐步向现代的资源工程和生态工程转变。

令人感铭于心的是，改革开放以来江海大堤的防洪标准也早已从过去的二十年一遇，提升到五十年一遇；而主要大中城市则提升到百年一遇，部分省辖市中心城区的防洪标准达到二百年一遇。洪泽湖大堤，现今的防洪标准是三百年一遇，校核防洪标准则为两千年一遇……

不能不说，防洪标准的不断提升，无一不是国力、财力和科技实力的提升。在这些持续投入下实现的达标工程背后，体现的是执政者对水利工程治理的恒定决心，是科学治水的强大实力，是国力强盛后的江河安澜。

遥望那些坚如磐石的大堤，现已变身为一个个临水城市的绿化带，一座座鸟语花香的生态园，一道道漫步健身的风景线。这些大堤不仅护佑了一方百姓，繁荣了一方经济，也早已作为特定的人文基因深植于中华民族博大的文化源流之中。

江河大治，是历朝历代的为政之要，那一座座大堤不正是一部部凝聚人心的治水史吗？透过它们，可以发现人们总是怀着无限感恩的心态，记录了无数个生死攸关的水患节点，用最质朴的方式口口相传那些挽狂澜于既倒的英雄——“陈公堤”“林公堤”“范公堤”“常丰堰”“宋公堤”……

水润人心，堤越千年。正是这些绵延千年的历史章回，使我们读懂了同心合力的坚忍不拔，舍己担当的忘我坚守，民生优先的为政情怀，执着创新的不竭智慧。

让今天走向未来，让后天铭记昨天，这是一个民族传承不绝的永久记忆。

运河时代，
一座都城的兴衰

历经 2500 多年的大运河，贯穿中国南北，连接起海河、黄河、淮河、长江、钱塘江五大水系。

依托这条绵延 1700 多公里的内陆河流，漕运勃兴，商旅接舯，官府设署，文化绵延，伴随巨大的物流、人流、商流，一个个城市在苏北的荒原上生长勃兴。

居天下之中的淮安，就是其中的一个。它与扬州、苏州、杭州并称“东南四都”，历史上素有“南船北马”“九省通衢”“天下粮仓”的美誉。

时代变迁，王朝更迭。如今千年运河奔流依旧，因运河的脉动而生长勃兴的淮安城，却在宏阔的历史进程中几经兴衰，给我们展示出农耕运河时代的淡退与江海开放时代崛起的悠远轨迹。

邗沟之水滋养古城镇

水和战争常常如影随形，而因水发生的战争有时又会成为推动人类文明进步的“助产婆”。

春秋末年，吴王夫差谋划的一场战争，就在不经意间成为人类历史上开挖最长人工运河的肇端。

公元前 486 年，吴王夫差决定北上伐齐，称霸中原。他把目光投向了江淮的千里原野。

兵马未动，粮草先行。如何解决粮草和辎重的运输？他有两种选择：一是走海路，可是黄海风大浪急，船队航行有很多不确定性，这是军事上的大忌；二是走内河水路，利用长江与淮河之间湖泊密布的自然条件，开挖一条人工河，连通长江与淮河，好处是稳定可控。夫差决然地选择了后者。

位于江南水乡的吴国，在春秋五霸中最早建立了自己的水军。他们拥有先进的开河、造船和航运技术，这就是吴王倚仗的底气。为了称霸的梦想，夫差不惜举全国之力，在扬州城的西北修建邗城，然后再凿沟引江水北上。

打开古地图可以看到，吴王开凿的邗沟自邗城（今扬州）北出武广（今邵伯）、陆阳之间，下注樊梁湖（今高邮湖），东北出博支湖（今宝应广洋湖）、射阳湖，西至淮河南岸末口（淮安楚州）入淮，江、淮至此贯通。

这是一个大胆的战略构想，也是人工漕运的发端。邗沟为吴国北伐奠定了稳定的运输保障基础，吴国从此走出太湖。

开挖邗沟的那年冬季，吴王就派人通知鲁国出兵攻打齐国。吴国兵分东西两路，结果海上东路进攻失败，西路撤兵回吴。夫差十二年（前 484）五月，夫差再次率兵从邗沟北上，会合鲁国讨伐齐国，激战于艾陵（今山东莱芜东北），史称“艾陵之战”。这次战争，几乎全歼齐军十万人马，此战的胜利使夫差威震诸侯列国。

然而，令夫差没有想到的是，由于开挖邗沟加上连续发动攻打齐国的战争，国力已被耗尽。就在他又一次率军北上参加“黄池之会”时，越国军队却悄然布防在邗沟淮河交汇口，断绝了吴国军队的归路，可谓“螳螂捕蝉，黄雀在后”。当夫差在黄池匆匆与晋国订立盟约归来，于邗沟入淮处中了越国的伏击，经过苦战，只得率领残兵败将回到姑苏。从此，吴国迅速由极盛跌落至衰亡深渊，最终被越国所灭。

吴国虽亡，邗沟之水却依旧绵延千年，润泽滋养了这片广袤的江淮平原。

汉文景元年（前 179），吴王刘濞又开凿了另一条邗沟，它西起茱萸湾（扬州市湾头镇），东通海陵仓（今泰州）及如皋蟠溪，这也是运盐河之始。两邗沟相交于湾头，一支向北至樊梁湖，一支向东入运盐河，为刘濞在此铸钱、煮盐，特别是发展盐业运输做出了巨大贡献。至此，漕运、盐运、水运日渐兴盛。

与邗沟水运开发相伴，沿线的一批重要城镇群——淮阴故城、泗口镇、北辰镇由此逐步繁盛起来。其时，南入长江必经邗沟，北伐中原必由泗水，而淮阴故城则居中策应，襟带二口，西控长淮。

放眼淮河两岸，土地肥沃，宜稻宜麦，辅以水运舟车通达，淮阴故城日渐繁荣，进而成为淮水、泗水下游地区的经济文化中心。

公元前 221 年，秦统一中国，始于淮河下游淮泗交汇的清口被设为淮阴县。

汉高祖六年（前 201），“汉初三杰”之一的韩信被封为淮阴侯，淮阴为其封邑。汉高祖十一年（前 196），韩信被杀，淮阴侯国取消，仍称淮阴县。其后，淮阴县曾隶属于临淮郡、淮平郡、东海郡、下邳国等。

距刘濞开凿邗沟 25 年之后，富可敌国的他野心勃勃，发动了“七国之乱”，一下子又使淮河南屏长江、北蔽中原的战略地位凸显出来。

汉景帝前元三年（前 154），吴王刘濞率先起兵，30 余万大军从吴都广陵出发，北越长江，西渡淮河，意欲与自彭城出发的楚王刘戊会合西进，可是最终却被大将军周亚夫所败。周亚夫取胜的秘密之一，就是派遣弓高侯率轻骑兵袭取泗口镇，抄了叛军的后方运输线，给了他致命一击。

此后，在魏晋南北朝近 400 年的岁月中，淮阴一带一直都处于战争和军事对峙的前沿，成为各方屯兵积粟的要地。史学家们的统计显示，这期间数以百起的战争中有许多是在淮阴、盱眙、泗水之间进行的。

东汉末年受战乱影响，通扬运河长年失修。三国之初，邗沟处在魏、吴兵争前沿，以致河道淤塞不通。

战火频频袭扰，使得这些一度“舟船素蓄、商贾接踵”的古城镇日渐凋敝。淮阴故城、北辰镇最终无力抗衡现实的命运——它们因战争而兴，又因战争而衰。

唯有连接长江与淮河的邗沟，成为此后隋代运河开发疏浚的起点。

城市，在水运脉动中崛起

农耕文明时代，一座城市的崛起与兴盛需要诸多要素，而其中天时、地利是不可或缺的。

隋唐五代，随着社会长期安定，统治者们把繁荣社会经济的目光投向了两淮运河。

隋朝统一全国后营建东都洛阳，迫切需要富庶地区的粮食物资供应。隋炀帝基于军事、政治和经济上的多重考量，以其敏锐的战略意识和独到的深谋远虑，在大业元年（605）毅然做出贯通南北运河的重大决策。

这是一个极富想象力的伟大构想，这一决策背后显露的是他勃发的雄心。

在战争的创伤还未抚平，一个征发河南、淮北诸郡百万人开挖通济渠的浩大工程快速启动了。这项工程从洛阳至泗州（今盱眙城对岸），连接起谷、洛、黄、汴等水系以达淮水。

隋文帝开皇初年，从开山阳渎至扬州湾头，东至江都宜陵、樊川，北至射阳湖入淮，湾头至宜陵段的通扬运河被重新利用起来。

这是中国历史上第一次将关中、北方和南方各自分割的水系相连接汇聚成维系国家命脉的创举，也是继秦始皇修筑长城之后又一项前无古人的宏大工程。

其时的运河有多宽呢？“渠广四十步（20丈，约66.7米），通龙舟；两岸为大道，种榆柳，自东都至江都二千余里，树荫相交。”自此，长安到江都实现了直航。

由此，莽莽荒原上人气升腾。开阔的河面，垂柳依依，千帆相接；蜿蜒的河堤，行人如织，车轮滚滚。

唐代史学家杜佑在其《通典》中提到，大运河通航，“天下利于转输”。依托运河漕运之利，隋朝的经济中心不断南移，及至唐宋时期，经济政策愈加开放，物资交流空前活跃，运河漕运急剧上升。

隋代大运河在淮安境内总长度接近300里，位于淮扬运河入淮末口的楚州与位于通济渠入淮处汴口的泗州，一跃成为漕运要津。由此，催生了楚州（今淮安）、泗州（今盱眙境内）等运河沿线城市开启自我生长的快速节奏。

唐开元二十六年（738），润州刺史齐澣再开瓜洲至扬子县25里长的伊娄河，使南北漕船航行更为便捷，也使邗沟多了一个入江口。李白曾以激情的诗句盛赞其功："齐公凿新河，万古流不绝。丰功利生人，天地同朽灭。"

"汴水流，泗水流，流到瓜洲古渡头。"每年的船舶数百万，浮江而至。其时，从"淮左名都"扬州，到淮水名城楚州，沿岸是"商贾之集，冠盖络绎，居民殷富，第宅蝉联"。唐代诗人白居易禁不住赞誉楚州是"淮水东南第一州"。

那是一幅幅鲜活在诗人笔下的繁华图卷——"秋灯点点淮阴市，楚客联樯宿淮水"，"灯影半临水，筝声多在船"，"酒酣夜别淮阴市，月照高楼一曲歌"……运河水面漕船、盐船与其他商船千帆相接，沿河干道人声喧嚣。"商旅辐辏其途"，舟车彼此相望，遥相呼应。淮安城里楼台簇拥，酒肆爆棚，欢歌笑语，人气旺盛。

近在咫尺的楚州城内，商品贸易也是一派兴旺，开元寺、龙兴寺、紫霄宫热闹非凡，阿拉伯人、日本人、朝鲜人也远渡重洋纷至沓来。他们前呼后拥，宴饮游乐，诗酒唱酬，歌舞升平。

武则天垂拱四年（688），朝廷再次大规模调集民力，开凿了北起海州，中经灌云、灌南而达涟水城，与淮河相衔接的运盐河。朝廷规定，淮北各盐场产出的盐都经由新漕渠运达涟水城屯积，待收税后再从盘坝入淮河溯淮而上，或由邗沟入长江，继而转运各地。

借力水上交通的便利，其他产业要素快速集聚而来。

淮北盐业因此而日渐兴盛。涟水城位于楚州城东北部淮水下游北岸，西南距楚州城水路约 60 里，离淮河入海处的云梯关约 100 里，其境内的沿海滩涂地区是海盐的重要产地，在唐代位列全国四大盐场之一。涟水成了“直非淮扬之襟喉，亦是齐鲁之门户”的重镇。特定的水上通道、兴盛的盐业和朝廷的特殊政策，使涟水一跃成为远近闻名的富庶之地。

至北宋初期，政府又创立了新的食盐专卖办法“折中法”，即令商人往边郡纳入粮草，官府发放给商人盐引，贩盐谋利。这种以盐利济助边饷的政策，极大地刺激了盐业的扩张。其时，涟水军海口场每年额供应食盐达 11.5 万余石，海州则有板浦、惠泽、洛要三场，年产 47 万余石，每年约有 60 万石盐经由盐河到涟水盘坝入淮。

《宋史·食货志》载：宋代两淮盐区年产盐达 203.9 万石，由朝廷划定销往江南的苏、杭、湖、常、润州等地，税利之丰厚，以为冠之。苏轼到山东做官时曾走过这条水路，看到涟水的繁盛不由得诗情勃发：“自古涟漪佳绝地，绕郭荷花，欲把吴兴比。”（《蝶恋花·过涟水军赠赵晦之》）

兴盛的涟水盐业也给毗邻的楚州、淮阴等城市的发展提供了强大动力。

随着以大运河为主干的水上交通扩张发展，漕运规模空前。唐太宗在位时（627—649），水陆漕运每年不过20万石，自高宗以后，漕运量逐年增多。至唐代宗时达110万石，唐玄宗时年漕运量跃升到400万石。北宋时，年漕粮自江淮至汴京运量多达800万石，少时也不低于600万石。

历代朝廷纷纷把关注的目光投向这里——早在隋代就已在淮安设立漕运专署，至唐宋两代则设立了专运使。

正是在这样的背景下，转搬仓应运而生。《宋史·食货志》卷《漕运》中记载："南自真州江岸，北至楚州淮堤，不通潴水，不通重船，般剥劳废。遂于堰旁置转般仓，受逐州所输，更用运河船载入汴，以达京师。"因为运粮需在此周转搬载后运往京城，楚州、淮安、泗州两地由此建立起一大批转搬仓，最多时可储谷达200万石，可见其规模是十分庞大的。

与此同时，作为漕运重镇，楚州、淮安、泗州等地又成了漕船修造基地。熙宁七年（1074）十二月，朝廷"又令真、楚、泗州各造浅底舟百艘，分为十纲入汴"（《宋史·食货志》）。这只是运河沿线造船业兴旺的一个侧影。

漕运、盐业、搬粮仓、造船业，这些依托于运河交通要津的产业集聚，有力地带动了淮安、楚州、涟水等沿河中小城市的繁荣发展。

然而，命运多舛，世事无常。频发的战争与黄河决堤，却再次阻碍了淮安、楚州、泗口一线城市的繁荣发展。

专家的研究统计显示，在北宋 160 多年中，黄河决口由泗入淮达 10 次之多。南宋建炎二年（1128），宋将东京留守杜充于李固渡西决黄河大堤，企图以黄河之水阻遏金人南下，结果未能阻挡住金人，却开启了人为借力黄河决口的恶例。此后的 65 年间，黄河入淮 8 次，平均每 8 年一次。

金章宗明昌五年（1194），其时的金人统治者也以水代兵，在阳武再次人为决堤黄河，致使暴虐的黄河之水挟带着高原的泥沙，在千里淮北大平原倾泻而下，苏北淮阴以下入海河道均被夷为平地。由此次黄河决口引发的水系和生态环境的重大变迁，使千里淮河开始了长达 700 多年的无穷水患，一万多亿吨黄沙倾泻淤积。

长期的宋金战争又一次使淮安大地成为“兵马走廊”。

宋高宗建炎四年（1130），赵立保卫楚州之战使全城的军民几乎全部罹难。几经战火荼毒，淮安一带的民众毙逃殆尽，十不遗一。昔日的繁华城市如今满目疮痍，一片萧瑟。

运河在铁血残阳中呜咽……繁荣的淮安城又一次在无尽的悲怆中衰落了。

天时地利人和中拔节生长的东南名城

当战争的硝烟散去，运河交通助推社会经济发展的巨大动能再次凸显出来。

元朝（1271—1368）建都大都（今北京），虽然前后只历经了 97 年的统治，但是朝廷也对运河投入了极大的关注，真正实现了京杭大运河的全线贯通。

起初，江南的粮食主要通过海路北运到大都。海运的线路需从长江口刘家湾出发到山东半岛，经其东部进入渤海湾；再从天津大沽驶入海河，一路向北沿着白河行至卢沟河，再转至通州进入京师。不过，这条运输线却要时常面对神出鬼没的海盗与海洋恶劣天气的威胁，风险与成本都很高。为此，元朝政府不得不启动了对运河的重大改道工程，即由邗沟向北，重新取直隋朝以前的泗水航道。

至元二十六年（1289），凿渠起自今山东梁山县安山西南，北抵临清，上接济州河，引汶水北流而下达卫河，全程长 250 余里，这就是著名的会通河。它的贯通为南粮北运节省了 300 多公里的路程。

此后，经过多次规划，又开凿了一条长达 82 公里的水路，连接起通州与大都。至此，京杭大运河全线贯通。

运河就是一个朝廷延续的命脉。新河道的开挖建成，大大缩短了南粮北运的时间和成本，不只开启了南北文化交流的新纪元，更为沿河一线城市的复苏与繁荣奠定了坚实基础。

马可·波罗的游记记下了元代淮安城复苏的繁荣场景："淮安州是一甚大城市……其城有船舶甚众，并在黄色大河之上，前已言之也，此城为府治所在，故有货物辐辏于此。"

1368 年，明太祖朱元璋称帝南京。

此时的京师毗邻江南经济发达地区，物质供应与四方贡赋，因道近而十分便捷高效。这种便利也带来了另一种轻忽——北方运河沿线的许多河道被逐渐荒废。

永乐元年（1403）正月，在经历了新的权力更迭之后，朱棣宣布迁都北京。

随着政治中心的北移，漕运的供给中心也迅速由南京迁移至北京。伴随朱棣大规模新建都城，加之因肃清残元势力而多次征战北方，京师的供求矛盾日益尖锐。其中，仅军需年额就由原来的 250 万石增至 300 万石以上。由于运河多年失修，河道阻塞，民运艰难，恢复运河漕运迫在眉睫。

此时，淮安因其优越的区位进入朱棣的决策视野。

《淮安府志·形胜》卷中，对淮安区位优势曾有过生动形象的描绘："淮盖江北大都会云。二城雄峙，辅车相依。跨淮南北，沃野千里。淮泗环带于西北，湖海设险于东南。左襟吴越，右引汝汴，水陆交通，舟车辐辏……所谓中国得之可治江表，江表得之足患中国者。况盐、安濒大海，则维扬之屏也；沭、赣枕沂水，则齐鲁之门户也；海州东望无际，乃秦皇立石处，高丽、百济、日本诸国，风帆可达。孤屿绝岛，环列先后，东西二城，足备守御……唐晋以来英雄必争之地。”

运河漕运的战略作用自然日益凸显。与此同时，明朝廷在其行政设置和漕运制度上也进行了一系列创新。

永乐元年（1403），明成祖朱棣选派亲信陈瑄负责漕运。陈瑄年轻时武艺高强，“以射雁见称”，作战勇猛，精于谋划。建文四年，被擢升为右军都督府都督佥事，率水师驻防南京。靖难之役中，朱棣大军到达时，他主动引舟师迎降，使朱棣率领的燕兵得以突破长江天堑。朱棣因其是“开国”功臣，封他为平江伯，任总兵官，兼管海陆粮食运输。第二年（1404），朱棣命陈瑄总理漕运，坐镇淮安，由此开始了他长达 30 年总督河漕的人生旅程。

明廷派遣漕运总督长驻淮安，同时兼任河道总督之职，这是当时一项十分重要的制度性安排。特别的行政设置赋予了陈瑄很大的权力，即所谓“上马管军，下马管民”。他要总督天下漕运，可弹劾处理官员；他拥有兵权，统领颍州、徐州兵备道、中都留守司之凤阳七个卫所；同时还兼任巡抚淮安、扬州、凤阳、庐州（合肥）、和州、滁州等地方民政。

明永乐十二年（1414）正月，明成祖朱棣下了一道谕旨，命北京、山东、山西、河南、中都（安徽凤阳）、直隶（南京周边，今江苏、安徽等省）所属170处卫所，选派军士共13万人，经大运河运粮北上，时称“漕军”或“运军”。

明代重要的漕运制度自此确立。漕运总督府设在淮安，其属下的官吏、漕军为数众多，官署房舍，星罗棋布。

天时地利人和，一时齐聚淮安。

新的漕运制度的确立，使淮安迅速跃升为明朝中央政府的漕运指挥中心、河道治理中心、漕粮转运中心、漕船制运中心、国税征收中心和淮北盐集散中心，这些为淮安都城的勃兴带来了持久的动力支撑。

每逢夏秋之交，来自湖广、江西、浙江、江南（今安徽、江苏）各省的运粮漕船，汇聚淮安，经漕督派人查验后，再依次北上。极盛之时，每年经过的粮船，多达5300余艘，随船人员达五六万人，加上空船返回人数，更多达十一二万。远远望去，舳舻衔尾，逶迤数千里，春秋往还，有同雁阵，成为运河奇观。

丰沛的物流和人流，给淮安城的消费注入了巨大的动能。

然而，漕运优势也常常隐含着弊端。江南的运粮船沿南运河抵达淮安后，都须转陆运翻过河坝，再次装船经夺淮入海的黄河入北运河。这种漕运方式不仅费时费力，而且耗损巨大。

永乐十三年（1415），漕运总督陈瑄经过多次实地查访，采纳当地熟悉水情的老人建议，于淮安城西凿渠二十里，命名为清江浦，将洪泽湖水导入淮水，并建造四个大闸适时泄洪，又沿湖修筑十里长堤，不只让漕运船只便捷北上，也最大限度地减少了转运中的耗损。

《漕船志》记载了当年的历史场景："永乐初，平江伯陈公瑄督漕，查闲旷之地建盖厂房，令各卫所官旗鳞次而居，以为造船之所。"

清江造船厂顺时而建，迅速成为全国最大的内河造船厂和漕船制造中心。

清江船厂位于山阳、清河二县之间，下设京卫、卫河、中都、直隶四个大厂，80 个分厂，其地域从板闸沿里运河一直延续到韩城，总长 23 里，每年造船 560 多只，花费白银 5 万两，可见规模之大。清江船厂负责南京、南直隶、江西、湖广、浙江各总里河浅船，卫河船厂负责制造遮洋船并山东、北直隶三总浅船。据载，郑和远洋船队的海船有百分之六十是在淮安的清江船厂建造的。

为了配合漕运，在大运河沿线的淮安、徐州、临清、德州及天津都建立大型粮仓，供漕粮转运之用。

永乐十二年（1414），朱棣下发谕旨："令湖广造浅船二千只，岁于淮安仓支粮运赴北京，其旧纳太仓粮，悉改纳淮安仓收贮。"依照这一旨令，淮安仓在沿运河设置的诸多的仓廒中确立了其地位。

淮安仓又称"常盈仓"，其时建仓40区，连绵数里，常储量达150万石，是运河沿线最大的漕粮中转仓。漕运制度确立后的永乐十二、十三两年，漕军承运粮食300余万石，其中从淮安仓支运的达160余万石，占了五成左右。这一地位一直延续到清代，后易地重建丰济仓，年储粮也有100万石，依然是全国最大的储粮库。

"利之所在，百族斯聚。"漕运的兴盛也催生了官私粮船附带各地土产货物于淮安上岸贸易的多元市场。

伴随造船中心和储粮中心地位的确立，淮安的商业街巷与专业市场如雨后春笋竞相涌现。

淮安城有古东米巷、铁钉巷、粉章巷、竹巷、花巷、茶巷、干鱼巷、羊肉巷、绳巷；专业市场如米市、柴市、牛羊市、猪市、姜桥市、海鲜市、鱼市、莲藕市、盐市、草市等。按商品类别命名的商业街巷与专业市场的出现，体现了一座城市商业化的集聚度与繁华度。

在淮安的河下镇也形成了数十个造船原料加工专业市场，手工业工人及采买各种原料的官员、商人、贩夫运脚数以万计。明弘治年间，有"博极群书"之誉的理学名臣邱浚过河下西湖嘴时禁不住赋诗歌之："十里朱旗两岸舟，夜深歌舞几曾休。扬州千载繁华景，移在西湖嘴上头。"河下一处，就有 22 条街、91 条巷，达 13 坊之多。那又是何等的喧嚣与繁华！

"清淮八十里，临流半酒家。"在庞大流动人口的拉动下，淮安城的酿酒业、饮食业、蔬菜种植业等都获得了极大发展。放眼望去，运河岸边，"牵挽往来，百货山立"，"市不以夜息，人不以业名，富庶相沿"。夕阳西下，"两岸漕船八十里，樯灯累累一时起"，烟笼清淮，灯光如幻，蔚为壮观。此时的淮安城，好一派"南船北马、辕楫交替"的繁盛景象。

两淮的盐业税赋也给朝廷贡献了巨大财富。据《明史·食货志》、嘉靖《两淮盐法志》《古今鹾略》《淮鹾备要》载，明世宗嘉靖年间（1522—1566），两淮每年产正额盐 705 180 引、余盐 300 万引，合 7.41 亿斤。

岁月流逝，朝代更替，漕运依旧。清朝入关后，清廷延续了明朝的漕运制度，在其后的 200 多年间，先后任命了 140 任漕运总督。淮安城的繁华一如前朝，正如清初孔尚任在其《淮上有感》中所说："萧鼓欲沉淮市月，帆樯直蔽海门秋。"及至乾隆时期达到高峰，清江浦人口一度高达 54 万，每年的税收达 30 万至 50 万两，在运河七关中位居第二位。

经过多年的发展，淮安城规模相当宏大。“自府城至西北关厢，由明季迨国朝，为淮北纲盐顿集之地，任鹾商者皆徽扬高资巨户，役使千夫，商贩辐辏；秋夏之交，西南数省粮艘衔尾入境，皆停泊于城西运河，以待盘验牵挽，往来百货山列；河督开府清江浦，文武厅营星罗棋布，俨然一省会；榷关（征税机构）居其中，搜刮留滞所在，舟车阗咽，利之所在，百族聚焉……”（清光绪《淮安府志》卷二《疆域》）周边的各类市场集聚，与郡治相望于三十里间，自是一番通商大埠的气派了。河务、漕运、造船业的繁荣，使淮安一时享有“东南四都”的美誉。

运河时代的商业文明，也辐射到沿线的其他城市，宝应、高邮、扬州的商贸及手工业也十分发达，仪征是盐、材料、煤、棉麻商品的集散地，苏州汇聚各种商品货物号称“天下第一码头”，通州则是全国物资流通枢纽和最大的中心集散地。

然而，此时的淮安城，与东南的南京、苏州城市相比，坐拥的仅仅是特定的区位优势与朝廷倾斜的漕运政策，密集的造船业订单并没有给这片土地植入工业化的“基因”，而专业化贸易市场的蓬勃也未能孕育出引领时代的资本主义“萌芽”。

别有意味的是，此时的苏州城并未沉浸在运河带来的福泽中，而是把贸易的视野投向了海洋，一批批满载着江南丝绸和青瓷的船只驶向辽东、朝鲜半岛和东南亚地区；南京的四品官员郑和，则奉旨率领庞大的舰队从吴地的刘家港起锚，远涉重洋……

清朝更多的是延续了明朝闭关自守的模式。淮安城怡然地享受着运河漕运带来的繁华与富足。而当一座城市狭隘地沉浸在所属地域的视野中，固守于自给自足的经济空间，必然会丧失辉煌的未来，所不同的只是时间长度而已。

消逝在运河时代的都市繁华

嘉庆十三年（1808），淮安发生了一起惊天大案。

这年夏天，黄河决口，洪水肆虐，地势低洼的淮、泗地区一片泽国。其中，山阳县（今淮安市淮安区）受灾最为严重，粮食颗粒无收，百姓流离失所。嘉庆皇帝闻知灾情，急拨赈灾银 20 万两，后又加派赈灾银 30 万两。救灾巨款在省、府、县层层下发时，却被一个个地方官吏中饱私囊。嘉庆皇帝一面拨银赈灾，一面下诏要求江苏巡抚铁保派人查证赈灾银发放情况。铁保派出了 10 个特派员前往山阳县查账，其中一个是三十七岁的候补知县李毓昌。

李毓昌奉命到达山阳县，没有直接去山阳县衙查账，而是跑到田间地头核查户口，查验赈灾粮发放情况，并全部登记造册。此前，其他监察官员前往山阳县查账，全部被山阳县令收买，都说山阳县的账没有问题。眼看贪腐大案东窗事发，一群贪官污吏便想收买李毓昌，却遭到他的严词拒绝。山阳县令王伸汉为此密谋并收买了李的随从，其后将两榜进士、补知县李毓昌诓骗到山阳县衙内毒杀，还精心伪造其自缢身亡的假象。

从淮安知府到江苏巡抚、布政使，再到两江总督衙门，所有拿了银子的官员都默许过关。在处理丧事时，李的家属从其衣服中发现了死者事先写下的血书并开棺验尸，确认是中毒而死。李毓昌的家人拿着血书和中毒的鉴定结果，前往京城都察院告状，于是这桩惊天贪腐案被揭发。嘉庆皇帝闻之龙颜大怒，下令将江苏上上下下所有相关官员一体拿问。此案震动朝野，被列为清廷十大奇案之一。

此案中的一群贪官最终都被逐一严惩，然而，它似乎更像是运河时代盛极而衰的一个先兆。

利之厚则必腐之深。盐业、贸易给朝廷带来了源源不断的税赋，富裕了运河沿岸的都城，由此也滋生出上至官府，下至船民运丁，以及全流域、多行业的腐败痼疾。

漕政漕弊如影相随。清代的漕弊盛于嘉庆道光之际，“奸胥作弊，勒索漕规”侵入到漕政的各个层面。如各处漕务衙门向运丁勒索陋规，运丁则转向兑粮州县增索帮费，乃至为支付各衙门贪索陋规而盗卖漕粮。漕船过淮，上至漕运总督，下至书吏士兵，都能分到不同的陋规银。有人统计，乾隆七年（1742），按船帮计，江南船每帮索银20—24两，浙江船每帮索银24—30两，白粮船加倍，江西、湖南、湖北船每帮索银40—50两。到嘉庆十五年（1810），漕船过淮，每帮向盘粮书吏花费陋规银增长到500两。

运河由南向北，沿途都设有催趱漕船的文武官员，如管河官吏、清务委员，还有沿河驻扎的武官，他们也都以各种方式索取陋规，层层盘剥，致使运丁苦不堪言。

运河之水，承载的不只是财富与繁荣，还有运丁的辛酸和血泪。清初允许漕船北上，载米500石者，准予携带60石免税私货，雍正年间增为100石。此后数额一再扩大，至嘉庆四年（1799），准其多带至150石。朝廷本意是在不直接增加运丁报酬的情况下，以此补偿改善运丁的生活。但是水手借此与各地商人勾结，导致夹带私盐、私货之事泛滥猖獗。漕粮运丁也用自己的方式弥补损失，他们千方百计侵盗掺和杂物，如沙土、石灰、糠皮、米屑之类，禁不胜禁。清人有诗云："粮船凶如虎，估船（商船）避如鼠。粮船水手缠头巾，上滩下滩挽长绳。十十五五无停留，估船不敢鸣锣声。押粮官吏当头渡，皂夫挥鞭赶行路。赶尔今朝下关去，估船偶触粮船旁。旗丁一怒估船慌，蛮拳如斗焉能挡？愿输烛酒鸡鸭羊，庙中罚酒祭龙王。”纠众抗延停斛不兑、鼓噪殴伤州县官员、抢夺官银、捆绑粮长、擅闯关闸、漕帮持械斗殴，甚至劫掠群众，都成为他们报复的手段。

兴盛的两淮盐业到道光年间，也因食盐专商之制积朽不变而“凋敝至极”。乾嘉时期，淮盐最高年产曾经高达 8 亿斤，约占全国盐产量三分之一。然而，到道光九年（1829），淮南滞销盐达 501 812 引，淮北也达 97 645 引，两淮合计滞销盐在额盐三分之一以上。道光二年（1822），清廷清查两淮积欠课额累达 4300 余万两，第二年增加到 6300 万两，课额积欠惊人（见《清史稿》卷一二三《食货四》）。

淮盐于清朝鼎盛时期跌落，其根子自是在官吏和朝廷。许多官吏利用职权，占有纲引，借纲盐以谋私。就连皇帝也心安理得地“索贿”大盐商。早在清康熙时，仁皇帝玄烨在康熙二十三年（1684）、二十八年（1689）、三十八年（1699）、四十二年（1703）、四十四年（1705）、四十六年（1707）六下江南。每次南巡，队伍庞大到一两万人，其花费惊人，最后都是由地方官善后完账。如时为两淮巡盐御史的曹寅就曾与时为江宁织造、苏州织造官的妻兄李煦（康熙四十四年至五十二年间与曹寅四次交替担任两淮巡盐御史），在江宁、扬州等地四次接驾，并动用盐课、帑银为其南巡“买单”，造成亏空。

玄烨的孙子、清高宗纯皇帝弘历，也仿效他的祖父，六次南巡，耗费数目及“买单”完账方式与祖父一样。而两淮盐商则有奉行“报效”朝廷、权贵的传统。在军需、皇宫建设、水利等项及皇帝皇后太皇太后寿辰等时间，都有奉献，史称“报效”。这些说白了就是公开“行贿”。

统计显示，仅雍正十一年（1733）至嘉庆九年（1804），史料有载的两淮引商报效就达2615万两银。朝廷对此自有回报，自康熙十六年（1677），特许组织纲商选出总商，又称“纲总”。总商权力相当广泛，除有“纳课杜私”“承办报效”“摊派杂费”“参弹疲商”外，还可参与制定盐策，甚而凌驾于盐官之上。纲总、纲商对朝廷、官府的报效，最终也都是转嫁到灶户和一般食盐户头上，进而只能造成淮盐壅滞、淮鹾疲惫。

这些仅仅是明清两朝漕运腐败、官吏腐败和盐业腐败的冰山一角。历经数百年的沿袭，这里早已是“膏腴所积，耗蠹丛生”。

还有频发的黄河决口与天灾。自黄河夺淮700多年间，淮河在淮安以下淤积严重，特别是自清中期以后，黄河下游的决口更加频繁。《明清治河概论》一书统计显示，明代（1368—1644）平均每7个月决口一次，而从清初至鸦片战争近200年间，黄河决口361次，平均约每6.5个月一次，每况愈下。泛滥肆虐的洪水，不仅给淮、泗地区的百姓带来无尽的灾难，也经常导致运河沿线的河道或淤塞或改道，河务治理日益繁重，并直接威胁到运河漕运。

历经400多年的漕运制度虽经康熙、雍正、乾隆几次改革，及至嘉庆、道光时期，也终于走向无可复挽的尽头。

道光初年（1830），两江总督陶澍在淮北试行“票盐法”代替“纲盐法”的盐务改革，打破了原有官商垄断经营，引入民商自由竞争，使萧条的淮北盐业一度复兴，后来又因他积劳成疾，以及后来太平天国运动的兴起而偃旗息鼓。这使得原本依靠朝廷漕运倾斜政策和交通要津支撑的淮安城，在各种腐败的侵蚀与僵化的制度中，失去了持久的内生活力；在频发的天灾和战争中，逐渐失去了外部要素的强力支撑。

道光初年，黄河决口形成的淤积日甚，致使水位远高于洪泽湖。道光四年（1824）冬，清江浦高家堰（洪泽湖）大堤溃决，高邮至清江浦一段运河，水势微弱，河运漕粮难以为继。清江浦以北的中运河，“两滩淤积宽厚，中泓如线。向来河面宽三四十丈者，今只宽十丈至五六丈不等，河底深丈五六尺者，今只存水三四尺……舟只在在胶浅，进退俱难”（《清史稿》卷一二七《河渠志二》）。

运河部分河道淤积，使京师的粮食供应面临严重危机。于是，漕粮海运又一次被提到了清廷的决策层面。

漕运改经海运一经提出，立即引发朝廷内部的激烈争议。

反对者有其反对的依据，支持者有其支持的理由，最终道光皇帝痛下决心试行海运。

道光六年（1827）二月初一，清朝的首次海运正式启动。

江苏巡抚陶澍亲临宝山县海口致祭风神、海神，并前往上海县黄浦江岸天后庙敬香。海运十天之内，即受兑米80万石，每天受兑商船超过90只。此次举国关注的海运试行成功了。

“海运一行，百余年弊端如沉疴去体。”负责此次海运的江苏巡抚陶澍兴奋不已。协助陶澍漕运改革的魏源说，此次海运“因海用海、因商用商、因舟用舟”，“利国、利民、利官、利商”。

漕运与海运之争，其背后既有亟待解决的现实困境，也牵涉不同社会阶层的利益，更关乎国家战略、国防安全等一系列前瞻性重大问题的考量。

其时的清朝上下，仅仅局限在如何化解现实漕运危机的层面，而缺少对海洋战略与外部世界的清醒认知，更缺失拥抱海洋、经营海洋的宏阔视野与博大胸襟。

其实自雍正以后，朝廷里也时有一些富有远见的建言。譬如雍正时期广州知府蓝鼎元就曾建议，鉴于河运靡费，应通过保护海洋运输船队，控制海上交通要道，以提高水师作战能力。他主张创设海运总督驻上海、崇明等处，将江浙、山东三省水师并为京东第一大水师："内可以廓清洋盗，外可以镇压诸夷，上可以飞挽漕粮，下可以流通百货。"此后，则有李鸿章的奏议："当今沿海数千里，洋舶骈集，为千古以来创局，已不能闭关自治，正不妨借海道转轮之便，逐渐推广，以扩商路而实军储。"（李鸿章《筹议黄运两河折》）

然而，在那个以天朝自封的运河时代里，面对觉醒者的理性呼喊，自是空谷足音，应者寥寥。

海运大兴，使运河所占比重急剧下降。沿河城镇以往赖以繁荣的政治条件与地利条件也随之化为云烟。自此，淮安拉开了快速衰落的序幕。

咸丰五年（1855），黄河铜瓦厢决口改道，由山东利津入海，致使运河有十余年浅塞不通。伴随河运的衰废，黄河至临清之间的运河很快淤成平地。沿河的城市也迅速失去了赖以发展的漕粮转输枢纽地位。

淮安更是每况愈下，"漕运改途，昔之巨商去而他适"。自江浙漕粮改由海运后，长江以南六省区就没有漕船经过淮安了。清淮绅商修建的恩公路碑记载，自从江海通轮，漕艘停运，"舟车罕至，遂日即凋敝，而莫之或恤”。历年来由江南各省携带而来的贸易物资和数十万计的消费者瞬间消失殆尽，其客户运输、饮食服务等行业“一落千丈”。

淮安这座曾经依托漕运和盐运等枢纽中心受益最丰的城市，转眼即成了遭受漕运停运打击最重的城市。

当清王朝内部持续进行漕运海运争议之时，正是海外英、法、美各国的资本主义迅速发展之日。自 18 世纪 60 年代起英国开始了工业革命，大机器工业逐渐代替了工场手工业。工业化的发展和扩张，驱使资产阶级奔走于全球各地，努力寻找新的资源及产品生存空间，而封闭自守的中国自然成了殖民主义者侵略扩张的最佳对象。

海上的危险接踵而至。道光二十年（1840），英国政府以林则徐虎门销烟等为借口派出远征军侵华。1840 年 6 月，英军舰船 47 艘、陆军 4000 人在海军少将懿律、驻华商务监督义律的率领下，攻占定海，北上天津，后又攻占香港岛；1841 年，道光皇帝下令迎战，英军后又攻陷厦门、定海（第二次攻陷）、镇海、宁波。1842 年 7 月 21 日，英军攻占京杭大运河与长江交汇处的镇江，封锁运河口，将当时近 700 只沙船阻断，切断了与北方的商业联系。

封锁漕运，使道光皇帝不得不做出求和的决定，不久，签订了《南京条约》，清政府被迫向英国开放沿海广州、福州、厦门、宁波、上海等五处港口。其时，谁也没有料到，在屈辱而又无奈的历史情境中，开放的基因则已悄然注入了上海这座港口。在历经百年的风雨之后，它终于一跃成为引领黄海沿线最大的开放型世界级都市。

封闭的国门被列强的枪炮轰开之后，以铁路、轮船为代表的新型交通工具传入中国。

1872 年，上海轮船招商局成立，正式启用轮船承运漕粮。于是，一个真正的海运时代悄然而至。

清光绪三十一年（1905），漕运制度彻底废止。在淮安运行了长达 450 多年的漕运总督部院，在凄风苦雨中关上了大门。

逶迤的运河依然水声喋喋，两岸的繁华却从此烟消云散……恰如一首如泣如诉的长歌，在张扬过高亢的和弦声部之后，终于走向了不可逆转的低沉尾声。它也似乎从一个侧面向世人印证了一个铁律，当一个民族不能自我内省进而顺应时代潮流，这就是其必然的命运。

1911 年，津浦铁路全线开通，彻底改变了中国的交通格局。由此，运河城市的经济版图被彻底改写。

兴也漕运，衰也漕运。淮安这座兴盛于明清两朝的政治型城市，富商大贾们的汇聚之所，康熙、乾隆下江南的必经之地，最终不可逆转地消逝在人们的视野之中。

面对绵延千年的历史，放眼清波荡漾逶迤而来的运河之水，我又常常会生出别样的期待：

如果明清两朝不是实行严厉而又漫长的海禁政策，而是挟郑和船队进发远海的浩荡之风，不懈地探索海外世界；如果清廷以其更加宏阔的气度拥抱开放，以淮安造船业为支点构建起一支强大的海上水师力量；如果淮安城能够及时地打开地域视野，在享拥漕运政策的同时拥抱海运走向海洋；如果魏源突破封闭撰写的《海国图志》，能够及时地警醒中国的士大夫们而不是日本的精英，激发起中国伟大的维新改革……

历史没有如果，时光不能倒流。淮安城的失落，注定了它只是一个鲜活在历史深处的繁华之梦，一声令人自省而又无限深思的悠长喟叹。

伯湊河：
悠远的交响

溯源千年的伯渎河，一直是我藏在心底的夙愿。

人类的文明史常常是从沿河迁徙和疏浚水系起步的，而伯渎河就影映了一座城市与江南文化开源生长的悠远历史。

盛夏时节，走进梅里。沿河而行，举目遥望，穿越3200多年岁月的伯渎河，从我的面前从容流过。老而弥坚的纤弱身姿，早已“蜕变”成都市里一道寻常的风景线，无声地脉动在两岸林立的高楼与繁华的街市中，一如几千年前的姿态，不息地浸润着这片富庶敏慧的土地。

在泰伯永远敦厚平和的目光里，打开折叠千年的伯渎河，我们会触摸到多元风韵的江南……

折叠一：开启“一河九泾”水系

一个人决定了一条河，而一条河则浸润了一方水土的百世昌盛。这个人是从北方奔吴的泰伯，这条河就是他引领“蛮夷”开挖的伯渎河。

3200多年前，泰伯、仲雍带着一部分族人，从遥远的陕地周原决然地走向南方。司马迁在《史记·吴太伯世家》里，记载了中国文化史上这次重大的事件：“太伯之奔荆蛮，自号句吴。”一个“奔”字背后，无疑显得有些急迫和无奈。后人则从更长的时空中审视，将它演绎为化解亲情危机而做出的一次智慧迁徙。

在历经千难万险的跋涉之后，他们最终落脚在南方“荆蛮”之地梅里。“荆蛮义之，从而归之千余家，立为吴太伯。”何为“义之”？自然是说人们敬佩泰伯“礼让”不争的阔大襟怀。

“能将天下让，知有圣人生。”遵照周部落王位传承的规制是“嫡长子继承”。可是周部落首领古公亶父看重的却是有贤能之誉的三子季历及他的儿子姬昌。古公曰：“我世当有兴者，其在昌乎？”（《史记·吴太伯世家》）在古公看来，姬昌，从小聪明过人，才华出众，有圣贤之先兆，后来他“灭商纣、立西周”，成就了800年的周天下。应该说，为了周氏部落的发展壮大，古公亶父的目光是理性而又深远的。

面对“泰伯奔吴”事件，不同时代的评价自然各不相同。孔子说：“泰伯可谓至德矣，三以天下让，民无德而称焉。”（《论语·泰伯》）春秋时期，许多诸侯小国在生存的丛林里，各自交相伐战，致使生灵涂炭。也许是对权力倾轧的世道司空见惯，孔子深感周朝的礼乐崩坏，因而由衷地赞誉泰伯“礼让王位”的举动为至德风范。泰伯的理性“退让”，不只改变了一个部落权力传承的固化格局，还引领了亲情高于世袭王位的权力观。

孔子把泰伯推到了一个超越时代的道德制高点上。

“古公亶甫，积德垂仁。思弘一道，哲王于豳。太伯仲雍，王德之仁。行施百世，断发文身。”(《善哉行》其一）曹操无疑是从政治家视角来考量泰伯的。《善哉行》中晓畅的诗句，意在揭示泰伯、仲雍“至德仁义”的思想传承，而“智哉”的感叹，则是高度赞赏他们化解权力之争的过人智慧。

追溯历史源流，在诗经《大雅·公刘》和《大雅·绵》等一系列长诗中，我们可以触摸到泰伯仁德之风传承的源头：

> 笃公刘，匪居匪康。乃埸乃疆，乃积乃仓；乃裹糇粮，于橐于囊。思辑用光，弓矢斯张；干戈戚扬，爰方启行。
>
> 笃公刘，于胥斯原。既庶既繁，既顺乃宣，而无永叹。陟则在巘，复降在原。何以舟之？维玉及瑶，鞞琫容刀。(《大雅·公刘》)

公刘是周人部落的英雄，他深谋远虑，极具开拓精神。长诗为我们再现了他带领族人开疆拓土的伟岸形象。他在部地划分疆界，领导族人勤劳耕作，将丰收的粮食装进仓库，制成干粮，一袋一袋包装起来，接着又挽弓带箭，拿起干戈斧钺各种武器，浩浩荡荡向豳地进发。这位深得部落族人爱戴的英雄，自然也会植根在泰伯心中，成为他一生尊崇追随的榜样。

> 绵绵瓜瓞。民之初生，自土沮漆。古公亶父，陶复陶穴，未有家室。古公亶父，来朝走马。率西水浒，至于岐下。(《大雅•绵》)

《大雅•绵》则为我们叙写了泰伯的父亲古公亶父继承周祖遗风，致力豳地开发的风采。他勤于农业，所种田地收成丰美。每年春天，他和妻子太姜亲自下地，不怕劳苦，辛勤耕作。夏日暴雨倾盆，他与青壮年一起，加固堤堰，疏浚河道。司马迁说：“古公乃贬戎狄之俗，而营筑城郭室屋，而邑别居之。作五官有司。民皆歌乐之，颂其德。”

古公亶父执政时，正是商武乙时代，他改变了游牧的风俗，建筑城邑房屋，设立官吏，改革戎狄风俗，把民众分成邑落定居下来，为此后周王朝的建立奠定了深厚的物质基础和民心根基。

泰伯、仲雍来到梅里后，继承了祖先公刘和父亲古公亶父开疆拓土的精神，在积极推行亲民“执政”理念的同时，也带来了北方最为先进的农耕文明，深刻地改变了“蛮夷”之地落后的生产方式。

东汉桓帝永兴二年（154）四月，吴郡太守麋豹在其撰写的《泰伯墓碑记》中载，泰伯“筑城郭以为藩卫，穿浍渎以备旱涝”。

南方与北方不同，这里雨水充沛，加之邻近太湖，沟渠纵横，水灾频发，梅雨季节尤甚。泰伯带领先民筑城作为防卫的屏障，同时贯通许多沟、渠，开挖了一条东西走向的太伯渎，以备旱涝。“太伯渎，去州东五里，贯景云、太伯、梅里、垂庆四乡，西枕官河，东通蠡湖。又东达于濠湖，入平江。”（元王仁辅《无锡志》）梅里的筑城与豳地的分成“邑落”、北方的疏浚河道与南方的开发伯渎河，可谓是“异曲同工”，殊途同归。

依托伯渎河主河道，泰伯还因地制宜开通了九条支流，后人称为九泾。“泾”者，一般是指纵向的由高向低流的沟渠。梅村境内有四条：香泾、洋泾、龙泾、梅泾；鸿声境内也有四泾：跨长泾、鸭沙泾、啸傲泾、毛家泾；荡口境内有一条：界泾。如今九条支流除了龙泾已被堙没外，其他的支流仍然畅通。不能不说“一河九泾”的设计，体现了泰伯卓绝超前的水系治理意识和着眼长远的战略视野。城郭依河而建，亦可以河护城，平时有灌溉良田与舟楫运输之利，战时则有护城之功。

不仅如此，当泰伯、仲雍平定楚邦之后，仲雍看出泰伯意欲“让位”，于是向泰伯请求定居离梅里几十公里的海虞。为了顺应勾吴国农业、军事、交通运输的需要，他们决定从苏舍荡向海虞开挖了一条海虞河。泰伯生前虽然未能完成这项工程，但在其死后由仲雍父子继续开挖贯通。从水系走向看，海虞河西与伯渎河相接，北与扬子江相通，成为重要的运输和泄洪通道。

河道水系的布局贯通，使得太湖边上的“伯渎”之水日渐安澜，古老的村落，百里平畴，稻麦满仓，百姓殷富，加速了吴地文明开化迭代的历史进程。

转眼就是百年。此后的吴王阖闾攻楚，夫差北上伐齐，也都曾通过伯渎河。

阖闾当政时，吴国崛起成为春秋时期的“五霸”之一。当楚国叛臣伍子胥和南方的武圣孙武一起携手来到吴王身边时，吴国启动了伐楚争霸的战略计划。为了配合吴王伐楚运粮的需要，伍子胥带领军士百姓开挖了 31 公里长的胥河，又称胥溪。这条河源出南京高淳的固城湖，上游连接长江在安徽芜湖的支流水阳江，下游接太湖水系的荆溪，进而成为沟通长江和太湖的重要水道。

“操吴戈兮被犀甲，车错毂兮短兵接。”长于水战的吴军“以船为车，以楫为马，往若飘风，去则难从”。在江南的秀山碧波之间，张扬着征战远方的战船风帆，跃动着吴军骁勇善战的剽悍身影。

公元前 496 年，吴越发生槜李之战，吴军败绩，阖闾负伤死于回师途中，夫差继位。为了争霸中原，他又把目光投向了扬州，以举国之力，建邗城挖邗沟，开通了一条从扬州向北到淮安，进而连接长江淮河的运河，这也是之后贯通中国南北大运河的肇端。这就是《越绝书》中记载的："吴古故水道，出平门，上郭池，入渎，出巢湖，上历地，过梅亭，入杨湖，出渔浦，入大江，奏广陵。"

自泰伯始，历经二十五代君王的前赴后继，终于形成了通江达海、内外畅流的开放水系。千余年后，伯渎河向西又与无锡段的大运河贯通，构成了又一条水上运输的主要通道。

沿着这些纵横流向的河流，许多的寺、塔、街、桥、窑、坊临河而建，逐步构筑起江南水弄堂"户藏烟浦、家具画船"的民居风貌。唐代诗人杜荀鹤在他《送人游吴》诗里，生动再现了"水巷小桥多""人家尽枕河"的独特风情。"夜市卖菱藕，春船载绮罗"，舟楫便捷的交通，带动了江南商品贸易的兴盛。"若夫舟航往来，北自京国，南达海徼""珍货远物，毕集于吴市。"（朱长文《吴郡图经续记》）他们从吴地载着丰富的商品扬帆远航，驶向三江九域、五湖四海。

"源自龙山千里碧，花开梅里万里红。"流淌的伯渎河，把一个地广人稀的蛮荒江南，一个贫瘠多灾的原始江南，浸润成良田万顷、水系有致、诗情画意的鱼米之乡。

折叠二：碧水烟云中的侠义风骨

水远天长，千秋烟云。伯渎河波光粼粼的一泓碧水，映照过吴越血流漂杵的铁血残阳，也见证了许多侠客志士的侠义风骨。

春秋战国时代，吴越两国“远交近攻”的地缘博弈，时常主导着“卧榻之侧”的复仇战火。他们各自都曾以其颠覆性的铁血笔墨，叙写出一部部屈辱与复仇、江山与美人、阴谋与爱情、权力兴衰与性格畸形的吴越春秋，而这其中最令人传扬的则是那些视死如归、为国取义的侠客志士传奇。侠之大者，为国为民。在伯渎河流动的历史光影中，一直跃动着专诸、要离以及东林书院中那些伤时忧世的志士身影……

“专诸者，吴国堂邑人也。伍子胥之亡楚而如吴也，知专诸之能……”司马迁在《史记·刺客列传》中，写到的第一位刺客就是专诸，他被人们列为春秋战国时期的四大刺客之一。

出生梅里的专诸是屠户出身，长得目深口阔，虎背熊腰，英武有力。这个人平时仗着一身蛮力，常常惹是生非，打架滋事。在别人看来，也许他就是一个“泼皮”，可伍子胥却发现了他身上独有的“侠气”。在伍子胥助力公子光“上位”的计谋中，专诸成了吴王获胜的一枚关键“棋子”。

诸樊是吴王寿梦的长子，而他的长子是公子光。寿梦如同当年的古公亶父一样，意欲将王位传给最为贤能的四子季札。忠厚的诸樊因此把自己的儿子公子光送到与楚国交界的界村农户家中寄养。寿梦虽然有意，可是季札死活也不从父亲的心愿。寿梦去世后，无奈之下老大诸樊只得继承了王位。此后，诸樊在伐楚的战争中身负重伤，临终前他告诫老二余祭、老三余昧，自己死后一定要把王位传到四弟手中。季札为此借故出走，依然不从，而余昧的儿子僚却由此捷足先登。坐上王位的僚心里并不踏实，他把公子光从界村接回来领兵，以此作为对大伯父的一种补偿。公子光不负众望，为吴国带出了一支精锐的水师，并在与楚国的战争中多次获胜。只是屡屡获得战功的公子光对僚却渐渐生出不满，意欲杀僚取而代之。当伍子胥向他举荐专诸后，公子光自然待他如同上宾，并十分敬爱其母亲，专诸深感公子光的厚恩，即以死相报。

太湖多鱼，而僚尤喜吃炙鱼。吴国有一庖厨太和公炙鱼的本领了得，专诸便去拜师学艺，三月即成。此后，司马迁用他极富传神之笔，为我们再现了那个惊心动魄的历史场景：

> 四月丙子，光伏甲士于窟室中，而具酒请王僚。王僚使兵自宫至光之家，门户阶陛左右，皆

王僚之亲戚也。夹立侍，皆持长铍。酒既酣，公子光佯为足疾，入窟室中，使专诸置匕首鱼炙之腹中而进之。既至王前，专诸擘鱼，因以匕首刺王僚，王僚立死。左右亦杀专诸，王人扰乱。公子光出其伏甲以攻王僚之徒，尽灭之，遂自立为王，是为阖闾。

僚虽然处处防护，无奈专诸一击得手，锐不可当。而公子光的配合，机智缜密，终于一举夺得王位。专诸被僚的卫士所杀，他以自己的义举，成就了创造吴国鼎盛辉煌、称霸春秋诸侯的吴王阖闾。

僚死后，他的儿子庆忌不得不逃往卫国。庆忌勇猛无畏，力量过人。相传他能手接飞箭、折熊扼虎，时称“吴国第一猛士”。为了报杀父之仇，庆忌四处筹集兵力，以备攻打吴国。面对这样一个无敌勇士，阖闾十分焦虑，寝食难安，问计于伍子胥。至刚者至柔克之，伍子胥向阖闾举荐了“迎风则僵、负风则伏”的要离。

要离也是吴国人，家住鸿山山北，其父为职业刺客，而他也是击剑能手，以捕鱼为业。比起专诸的威武，要离却生得身材瘦小，仅五尺余，腰围一束，面容丑陋。然而，就是他，仅凭三言两语，把曾经入水斩杀河神的东海猛士椒丘欣羞得掷剑于地，掩面而去。要离自荐去刺杀庆忌，而他“导演”的确乎是一部史诗级的“斩首”行动。

其间，要离与吴王有了一次震撼心灵的对话——

“庆忌的勇猛你听说过吗？我坐上四匹马拉的车也追不上他，我用弓箭射他，他能把我的箭矢抓住，并横腰折断。我看你身材这么矮小，他完全可以把你举起来抛出去。”吴王不无忧虑地问。

“庆忌之威，吴国谁人不知？不过我听说龙虽威猛，却最怕蝇蛆钻进它的鳞甲。大王为何不让我一试呢？”要离自信不已。

为了消除庆忌的疑心，要离对吴王说：“请求大王杀死我的妻儿，再断我一臂，便可消除庆忌对我的疑心。”吴王摇头说：“你帮我杀掉敌人，我又怎能杀死你的妻儿？”要离回应：“一个战士，怎么可以享受家庭的温暖呢？大王只需要在我回来之后厚葬他们就行了。”深谋远虑的要离早已视死如归。

这就是侠客的血性，为了国之大义，他们足智多谋，舍家取义，不惜慷慨赴死。

于是，朝堂上，阖闾与伍子胥、要离共同上演了一场精心设计的“苦肉计”。一切如要离设计的那样，阖闾雷霆震怒，断了要离一只臂膀并将其投入监狱，伍子胥设计让要离逃离吴国，投奔庆忌。阖闾闻讯再次下令杀死要离的妻儿，并焚烧弃尸于闹市。

要离投奔庆忌，多疑的庆忌经多方打探知其真实，终于将其视为心腹，令他训练士兵，修其舟舰，准备攻打吴国复仇。

机会如期而至。公子庆忌率兵乘船伐吴，庆忌听从要离建议，亲自在船头坐定指挥，而要离则手执短矛在一旁侍立。借着颠簸摇晃之势，要离决然地以短矛刺入庆忌心窝。此刻，庆忌才醒悟要离断臂的真正目的。他忍着剧痛，单手提着要离，把他的头投入水中，如此三次，然后又将淹得半死的要离横放到自己的膝盖上，笑着对他说："天下居然有像你这样的勇士，竟然能用这种苦肉计来刺杀我啊！"

面对冲上来要把要离碎尸万段的卫士，庆忌摆了摆手说："这个人是天下少有的勇士，我们怎么可以在一天之内杀死天下两个勇士呢！""你们不要杀死要离，可以放他回吴国，以表彰他对主人的忠诚。"庆忌说完用手抽出刺穿身体的短矛，血流如注而死。

要离回国后，吴王阖闾亲自迎接，并要重重赏赐他。要离却不愿接受封赏，他说："我杀庆忌，不是为了做官发财，而是为了吴国的百姓生活安宁，免受战乱之苦。"说完，即拔剑自刎。

伯渎河为之悲怆呜咽。勇士彼此相惜，撼人心魄；侠客心念苍生，感天动地。陆游为此而感怀："生拟入山随李广，死当穿冢近要离。"

他们能屈能伸，亦俗亦雅，有机巧亦有智慧，把自己的热血挥洒成不拘一格的人生风景。岁月流逝，那些勇士侠客们的身影渐行渐远，而伯渎河滋养的血性却依旧绵延。

明朝万历三十二年（1604），伯渎河旁东林书院讽议朝政、指陈时弊、锐意图新的志士高声，又一次响彻云霄，震动朝野。

东林书院原为北宋政和元年（1111）地方官李夔为儒学大家杨时传授孔孟学说所建。“书院在锡伯渎之上，东望梅村二十里而遥，周太伯之所从逃也。”（王阳明撰《东林书院记》）此处，前有伯渎河，西有古运河，河上舟楫穿梭，周边林木葱郁，保安寺内宏大幽静，很像其时的庐山东林寺。于是，书院取名东林书院。杨时在东林书院讲学 18 年之久，他离开后，东林书院逐渐荒废。元至正十年（1350），有僧人秋潭在原址上建东林庵，学舍被辟为东林庵。

万历三十二年（1604）农历十月，任司员外郎的顾宪成因直言敢谏，触怒皇帝，被革职回到老家无锡张泾。回乡后的顾宪成与同道一起，在无锡东门弓河边修建了新的东林书院。从此，这座书院便与顾宪成撰写的“风声雨声读书声声声入耳，家事国事天下事事事关心”名联，一起载入了中国文化史册。

顾宪成会同顾允成、高攀龙、安希范、刘元珍、钱一本、薛敷教、叶茂才等人（时称“东林八君子”），发起东林大会。在这里，他们讽议朝政，指陈时弊，裁量人物，高标独立，研究经世致用之学。他们还留心剖示地方事宜，以民生疾苦为忧，以乡井是非为念，可谓于万马齐喑中开启了明清实学思潮的先河。朝廷之士仰慕他的风范，多和他遥相呼应，由此东林名声大噪。

当这群狂悖傲世的文化人伤时忧世之时，皇帝的目光则格外阴冷：“当是时，士大夫抱道忤时者，率退居林野，闻风归附，学舍至不能容。”

天启初年，东林党人周宗建上疏朝廷，究论阉党魏忠贤，其中淋漓的笔墨惊心动魄，他痛斥魏忠贤“千人所指，一丁不识”。皇帝把上书人夺俸三月，以示薄惩。

其后，又一个东林党人跳出来了，他就是左副都御史杨涟。这位监察部的副部长在奏章中，一口气列举了魏忠贤的二十四条罪状。在他的号召下，“一时东林势盛，众正盈朝”，数日之内，竟有一百余疏。

于是，一场对文化人的荼毒开场了。天启五年，已经被罢斥归里的杨涟、左光斗、袁化中、魏大中、周朝瑞、顾大章等六人（史称“东林六君子”）被押解京师，入北镇抚司受审。

满腹经纶的文人在野蛮的棍棒之下，哀号无声，欲辩不能。不久，周朝瑞、袁化中、顾大章被活活打死。魏大中死后，魏忠贤故意拖了六天才准许从牢中抬出，其时正值盛夏，尸体已经骨肉分离，沿途“臭遍街衢，尸虫沾沾坠地”，触目惊心，惨不忍睹。杨涟被打死时，“土囊压身，铁钉贯耳”。在魏忠贤之流的棍棒淫威下，杨涟依旧是傲骨铮铮、威武不屈。这位曾经被举全国廉吏第一的监察部副部长，在其留下的《狱中血书》中悲愤写道：

> 惟我身副宪臣，曾受顾命。孔子云：“托孤寄命，临大节而不可夺！”持此一念，终可以见先帝于在天，对二祖十宗与皇天后土、天下万世矣。大笑，大笑，还大笑！刀砍东风，于我何有哉？

他们笑对刁奴恶棍的屠刀，慨然以对，直面死亡。杨涟和他身后的东林党人，真正表现出“一堂师友，冷风热血，洗涤乾坤”的大无畏精神。

天启六年（1626）四月，圣旨由十万火急的快马送往江南：“苏常等地书院尽行拆毁，克期回奏。”于是，昔日学人云集的东林书院被夷为一片废墟，连院内的树木也被砍伐一空。虽然此时顾宪成已死，其信念之火却在东林人的心中燃烧。此时主持讲会的是高攀龙，其在《和叶参过东林废院》的诗中，依旧发出傲然不倔的呐喊：“纵然伐尽林间木，一片平芜也号林。”

专诸、要离的遗风，也在寻常百姓中传承。东林党人周顺昌被捕时，这片吴侬软语的江南，暴发了撼天动地的“开读之变”，十数万市民自发行动起来，抗议阉党暴政，积极声援东林。事后，带头抗议的市民颜佩韦等五人被残害致死，当政者砍下他们的头颅悬挂在城墙上。再后来，新皇帝继位，魏忠贤自杀，东林党人冤狱得以平反。于是，人们又拆毁了魏忠贤建在虎丘山塘的生祠，用其木料石材为五位义士建造了一座大墓，并“列其美名于大堤之上”。

“蒸鱼闻匕首，除道哂要章。”（杜甫《壮游》）在伯渎河如梦如歌的烟水中，在张泾溪流粼粼的波光里，曾经负载过多少铁血男儿气吞万里的抱负？他们以张扬不屈的生命悲歌，把侠客志士的大义情怀汇入到中华民族精神的浩浩长河之中。

千年之下，终究不朽。江南大地，正是因为有了他们，才彰显出平和中的坚毅、柔弱中的刚强、大义中的风骨。

折叠三：诗化风月中的柔情长歌

“越女天下白，鉴湖五月凉。”这是二十岁的杜甫在吴越之地游历时留下的诗句。

青山隐隐，倩影款款。一群浣纱的越女，挽着袖子，蹲在溪旁，将手中薄如蝉翼的纱浸到水中，而她们裸露在外的白皙手臂，在五月的春风里给人以别样的惊艳……杜甫这一独具视角美感与温度触感的诗句，让人领悟到了伯渎河沧桑中的柔美。

如果说伯渎河是流经江南的一首旖旎长歌，那么人间的情爱则是其中最为动人的旋律，那波光摇曳的一河风月，叠印着无数的青春风华与爱情传奇。

越女西施的爱情最早给伯渎河染上了一层凄美的底色。在大国的角力中，红颜绝色常常会成为不可或缺的诱因。人们把西施与夫差的败亡联系在一起，她是勾践送给吴王的一个“礼物”，也是颠覆吴国三千里江山的美女“间谍”。其实，一个女人的情爱何以能左右一个强大的帝国“国运”呢?

墨子说：“吴起之裂，其功也；西施之沉，其美也。”在哲人墨子的眼中，吴起之死与西施之美，都是他们人生不可逆转的必然命运。吴国亡了，越国也容不下西施的美貌。《吴越春秋》载：“吴亡后，越浮西施于江，令随鸱夷以终。”鸱夷大抵是一种用皮革制成的小船，把美人放在这样一只小船上，任其漂流，不知所终。

有人从中感悟到了“凄美”，江风徐徐，光色流溢，轻舟逐流，四周一片寂静，没有了宫廷的禁锢，没有了内心凛凛的恐惧，只有自己遥对苍天白云，无声地漂流在氤氲的湖光水色之中，而远处就是死亡，那是屈辱生命的最终解脱。有人从中激发出一腔“悲切”，君王的荒唐任性，致使国破家亡，与美人何干？“家国兴亡会有时，吴人何苦怨西施。西施若解倾吴国，越国亡来又是谁？”唐代诗人罗隐在《西施》诗中发出的尖锐诘问，又令多少人为之汗颜！

比起西施，伍子胥也用过“鸱夷”。当年夫差派人送属镂剑，令伍子胥自杀，伍子胥在自刎之前对执友说：“我死后，你一定要在我坟头种上梓树，等树长大后好做棺材；再挖出我的双眼，挂在吴都东门上，我要看着越人入都灭吴！”“吴王闻之大怒，乃取子胥尸盛以鸱夷革，浮之江中。”（《史记·伍子胥列传》）这里呈现的就只有暴君的刻毒与残忍了。

当然，人们还是把最美好的想象留给了范蠡。东汉人写的《越绝书》载：“西施，亡吴后复归范蠡，同泛五湖而去。”传说中，范蠡西施双双驾一叶扁舟，顺着蠡湖经伯渎河仓皇而去，后再沿邗沟北上，最终消失在烟波浩渺之中。苏东坡也曾写道："五湖问道，扁舟归去，仍携西子。"这自然是诗人赋予范蠡的一种洒脱与浪漫。

其实，在伯渎河如泣如诉的柔波里，倾国倾城的西施留给世俗世界的只有一声悲凉的叹息。

放眼伯渎河的风情，我们不能不说到侠客专诸，他身上展现的是至情至性的侠客柔情。

伍子胥最初见到专诸时，这位虎背熊腰、勇武有力的壮汉正与人争斗，"其怒有万人之气，甚不可当"。可是这位在外强悍勇猛的侠客，独独惧怕自己的老婆。"专诸与人斗，有万夫莫当之气，闻妻一呼，即还。"（《越绝书》）这个传神的细节，给人一种强烈的反差。细想也正因如此，才格外生动地呈现出他与常人不一样的侠客柔情。

智慧如伍子胥也很是不解：一个万夫莫当的侠客，怎么会怕一个女人？于是他便去询问原由，专诸坦言相告："能屈服在一个女人手下的人，必能伸展在万夫之上。"

这是侠客人生中意味深长的体悟。其实，对自己喜爱钟情的女人多一点柔情与呵护，不正是大丈夫的应有本色吗？江南多水，历经伯渎河的柔波浸润过的女人，自然也是温情柔韧的，她们清新柔婉，温丽含蓄，袅袅相依的吴侬风韵和不胜娇娜的慧敏多情，能让王者沉湎，自然也会使侠客臣服。袁枚因此发出"岂非惧内之滥觞乎"的人生感叹。相传"惧内"一词就始于专诸，在他的身上"气若大英雄”与“情如小儿女”是如此和谐统一，相得益彰。这真是应了“无情未必真豪杰”那句古话，邑人秦颂硕写诗美誉专诸是“瓣香侠骨”，令人深以为然。

东汉从北方来伯渎河畔鸿山隐居的梁鸿与孟光，呈现的则是“举案齐眉”的隐士爱情。

梁鸿、孟光是扶风平陵人。年轻时的梁鸿在太学读书，家境贫寒，注重节操，饱读群书，完成了学业。其间，曾经因不慎失火，蔓延到别家的房屋，把家中猪全部拿去做赔偿。可是这家主人依然嫌少。鸿曰：“无他财，愿以身居作。”主人答应。梁鸿以其踏实勤恳的辛劳，赢得了邻里的同情：“因为执勤，不懈朝夕。邻家耆老见鸿非恒人，乃共责让主人而称鸿长者。于是，始敬异焉，悉还其豕。鸿不受，而去归乡里。”

梁鸿的品性节操赢得了人们的敬重，很多人家想把女儿嫁给他，梁鸿都一一拒绝。同县姓孟人家有个女儿，形状肥胖丑陋黝黑，力气很大，能举起石臼，到了三十岁还不想匹配婚嫁。父母问其原因，她说：“要得到梁伯鸾那样贤能的。”梁鸿闻讯就下礼聘她。

出嫁时还是出现了波折。梳妆打扮的孟家女进了门。可是过门七天，梁鸿却不答理她，妻子跪在床前请教缘由，梁鸿说：“我要的是穿粗布衣服，可以同我一起到深山隐居的人。你现在居然穿着绮丽的绢绸衣服，涂脂抹粉，这哪里是我的意愿呢？”“只是看看你的志向罢了，我自有隐居的服装。”妻子说完，去重新把头发梳成椎形的髻，穿上粗布衣服，做着女人的活计到梁鸿的面前来。梁鸿非常高兴：“这才是我梁鸿的妻子啊，能够服侍我喽！”于是给她取字德曜，取名孟光。

梁鸿、孟光追求的爱情，无疑是志同道合、不慕虚荣、能够同甘共苦的爱情。他们彼此心意相通，互敬互爱，在经历深山隐居和被朝廷通缉的风波之后，来到吴地，埋名投靠到大户人家皋伯通门下，住在廊庑之内，受雇帮人舂米营生。皋伯通常常看到这样的感人场景：“每归，妻为具食，不敢于鸿前仰视，举案齐眉。”（《后汉书·梁鸿传》）一个雇工何以能让他的妻子如此守礼？皋伯通“独具慧眼”，从他们夫妻间“举案齐眉”的细节中，读懂了梁鸿、孟光的非常爱情。于是，他立即把梁鸿全家迁进他的家宅中居住，并供给他们衣食。梁鸿死后，皋伯通遵照他的遗愿，将其安葬在侠客要离的墓旁，使侠客与隐士在这里一起相伴永恒。

梁鸿、孟光彼此之间的至情表达，也给崇尚至德之风的江南，标定了一个超越时代的挚爱坐标。

在伯渎河流泽千年的江南，在淅淅沥沥雨丝朦胧的江南，在一座座石桥廊桥跨河而架的江南，还有一种诗意的“雨巷”版爱情。虽然这是诗人戴望舒给人们所呈现的诗化“意象”，谁又能说这不是江南风情中最令人怦然心动的一部分？

撑着油纸伞，独自
彷徨在悠长，悠长
又寂寥的雨巷，
我希望逢着
一个丁香一样地
结着愁怨的姑娘。（戴望舒《雨巷》）

这是戴望舒撑起的一方诗意空间：蒙蒙的细雨，悠长的巷子，精致的油纸伞下，行走着一位丁香一样愁怨的姑娘……

与这一空间对应的，是那些寻常的背景、寻常的镜头——远处是石拱小桥，桥下是悠悠划过的小船，空气中飘过一丝丝的茉莉花、玉兰花和香樟叶的香气，油纸伞上清脆的雨点声和着姑娘鞋跟磕碰石板路面的节奏声，在寂静的雨巷中格外地扣人心弦。在白墙青瓦的衬托中，她慢慢地走成了一个娉娉婷婷的剪影。

这是戴望舒心中期待的浪漫，也定格成了一个时代无数青春年华的爱情梦乡。

诗人戴望舒向往的爱情并未能如愿，他苦恋的是好友施蛰存的妹妹施绛年，可是施绛年并不爱他，虽然戴望舒以死相逼订了婚约，但施绛年最终还是“移情别恋”，成了别人的新娘。诗人的爱情是不幸的，他笔下的诗意爱情，却融入到伯渎河畔的芳菲秀色之中，成为青春心灵的永恒期待。

周瘦鹃感叹：“一样江南好山水，如何到此便缠绵。”确实，伯渎河的风月，不能不让人格外挂怀。

折叠四：绵延兴盛的文心匠心

“英灵岂不在，千古碧江横。”这是范仲淹写的《泰伯祠》中的诗句。他坚信，即使历经千秋万载，泰伯的道德精神也会在古吴大地上激励一代又一代人，犹如生生不息的伯渎河滋润着这片多情的土地。

范仲淹是苏州人，他是“先天下之忧而忧，后天下之乐而乐”精神旗帜的引领者，也是泰伯至德风范的践行者。他曾在苏州任知事，先后捐田办学、兴办义庄，成为江南“文心”“匠心”绵延兴盛的最早源头。

历史记住了令人感叹不已的那一刻。1035 年，经人介绍，范仲淹在苏州买了一块地，准备盖住宅。一位风水先生悄悄告知他这是块宝地，范氏后人将公卿辈出。

范仲淹很高兴，不过他说，这样的风水宝地倒不如捐出来建学校，让天下之士都在这里受教育，那样江南的人才会更多。

当范仲淹准备在苏州南园设立郡学时，于泰州创立“安定书院”的教育家、理学家胡瑗先生恰好也在苏州办学授课，于是他即前往邀约并请授为苏州“教授”，这个职务相当于今天的教育局长。志同道合的他们一起共同创办了苏州郡学，由此也成就了一件遗泽千年的大事。

范仲淹如此敬重胡瑗，自然不是因为胡瑗是来自泰州的“故人”，而是他身体力行倡导的先进教育理念。北宋初期，教化不兴，风俗浇薄，当时的科举制度崇尚声律浮华，以诗赋取士，社会上普遍存在“苟趋禄利”、轻“教化”、重“取士”的风气，且各地也没有建立学校。针对取士只讲究诗词歌赋这一时弊，为培养出真正合格的致治之才，胡瑗提出必须建立“敦尚行实”的学校。

在范仲淹的支持下，胡瑗于苏州府学首开分斋教学法，即将学科分为经义和治事两斋，经义科，学习儒家经典；治事科，则学习治兵、治民、治水、算数等多种实用学科，这大概称得上是中国最早的大学院系了。

在捐宅建学的同时，范仲淹根据胡瑗的教育实践，建议朝廷“劝天下之学，育天下之才”。宋仁宗采纳了这个建议，于是全国各州各县都以苏州府学为样板，开始大办学校，人才由此日渐涌现。

嘉祐元年（1056），六十四岁的胡瑗晋升为太子中允暨天章阁侍讲，成为当朝太子的导师，同时兼太学协助博士的考教训导与执掌学规。这一规章制度经批准在全国推广，而胡瑗提出的“致天下之治者在人才，成天下之才者在教化，教化之所本者在学校”的至理名言，不只载入中国的教育史册，也对吴地日渐兴盛的崇文风尚和工匠潮产生了极其深远的影响。如今在苏州府学里，人们依然可见元朝人刻下的文字：“天下之有学，自吴郡始。”

1049 年，范仲淹由河南调任杭州，当他自北向南路过家乡苏州时，办了另一件大事。已过花甲之年的范仲淹拿出自己所有的积蓄，购买了一千亩良田，用田租收入，赡养接济范氏族人，办起了中国历史上第一个义庄。

这是一个自成体系的救济机构，范仲淹家族从他的二儿子起一直到 16 代孙都在不断地捐助。吴地的许多名门望族也纷纷仿效，从宋代至清代，苏州、无锡一带涌现出近百家义庄，一个义庄背后就是一个宗族，他们前后延续了 900 多年。

在伯渎河流经的江南，一时读书成风，“鼎甲之家”乃至祖孙、兄弟、父子五子登科的“状元家族”也时有涌现。专家统计显示，两宋 300 多年间，仅苏州一地就出了 700 多名进士。明清两代 500 多年间全国出过 203 名状元，其中苏州就有 34 名。

源远流长的家学和崇文重教的民风因此在伯渎河畔长盛不衰，进而积淀为一种自觉，一种骄傲，一种内在涵养的人文风雅。

今天，我们在啸傲泾七房桥畔展示的“怀海义庄”中，依然能够体悟到这种独特的文化力量。

伯渎河畔鸿声小镇有条河，名叫啸傲泾。《梅里志》载：“小茆泾，钱氏居住，今称啸傲泾。”吴越有句谚语：“东有七里桥，西有七尺场。”就是在这小小的七房桥畔，一度走出了国学大师钱穆和共和国的五位院士：钱伟长、钱易、钱俊瑞、钱临照、钱令希。其中，钱穆是学贯中西的国学大师，一生著作等身，出版专著 80 多种；钱伟长是一位博大精深的科学巨匠，在应用数学、力学、物理学、中文信息学、弹性力学、变分原理等领域均有重要成就。

钱氏一门走出六位著名学者，无疑是前无古人了，而他们当中多数人都与钱氏家族兴办的“怀海义庄”有着千丝万缕的联系。“怀海义庄”始建于元末明初，根据宗谱已有 700 多年的历史，曾毁于太平天国战火，后又重建。清乾隆时期改为“怀海义庄”。历史上，这家义庄以“救灾周急、恤孤矜寡、排难解纷”为宗旨，族内凡孤寡鳏独者都能领到义庄钱粮，贫困学子都能在义庄的资助下上学。钱穆和钱伟长都是在义庄的资助下完成学业的。

钱穆在《八十忆双亲》中回忆："怀海义庄最先最大，乃由老大房五世同堂祖先所创立。特建一庄屋，在七房之最东偏。族中大集会必在此。而五世同堂一宅后最贫，特多孤儿寡妇，老死者无以葬，幼小者无以教，婚嫁之赀无所从出，有欲出外就业，亦乏赀遣。而庄产须由富三房轮管，五世同堂不得过问。"从中可以看出，"怀海义庄"虽然是由老大房创建的，却是由富三房轮管，即使老大房的后人十分贫困，依然不能主持义庄的救济事宜。这种独特的运行机制，保障了义庄延续了 700 多年的漫长历史。

钱伟长也说，早先他家的旧宅遭火灾不得不租借荡口亲友家，有时候他也代母亲回七房桥，去义庄内领取钱粮。1911 年，钱伟长的父亲钱声一回乡，还利用"怀海义庄"创办了"又心小学"，造福乡亲。很难想象，如果没有家族义庄的长期资助，又怎能走出这样密集的"人才群落"？

钱氏家族人才辈出，只是伯渎河畔"文心"兴盛的一个缩影，这又何尝不是江南文脉繁盛的内在"密码"？

与此同时，有无数"匠心"支撑的"江南手艺"，在伯渎河畔也是层出不穷，格外亮眼。

江南人的手艺之精细典雅是有口皆碑的。在苏州博物馆内珍藏着宋至清代的许多缂丝、宋锦等丝织品，它们的工艺独特精美，古朴典雅，又融进了书画艺术的意境，体现了那个时代独特的审美时尚。有地方志载："妇人一衣，终岁方就。"可见其中手艺的繁复，展示出工匠艺人们非凡的慧心与毅力。

明代匠人陆子冈之治玉、鲍天成之治犀、周柱之治镶嵌、朱碧山之治金银等，"俱可上下百年保无敌手，至其厚薄、浅深、浓淡、疏密，适与后世鉴赏家之心力目力针芥相投，是又岂工匠能办乎？盖技艺也而近乎神"（转引自《从"苏作"看苏州的工匠精神》，《中国社会科学报》2021 年 1 月 4 日）。他们无不以其精益求精、富于创新和充满文人情趣的审美，引领着时尚潮流。正如明代《广志绎》所云："苏人以为雅者，则四方随而雅之；俗者，则随而俗之。"以至于明清时代流传着一句俗语："破归破，苏州货。"苏州的产品成为当时人们竞相追捧的时髦之物。

到了清代，以治玉为例，苏州成为全国的琢玉中心，玉工及其手工作坊大都集中在阊门内的专诸巷一带，以至于多次到过苏州的乾隆皇帝在他的诗句中也经常提到专诸巷："专诸巷中多妙手""专诸巷里工匠纷"。因为得到皇帝的赏识，许多工匠被征用到皇宫中从事治玉工作。有学者根据清宫档案统计，仅乾隆年间宫廷造办处从苏州征调的玉工就有 18 批近 40 人。

自明代以来，"江南木工巧作皆出于香山"。由香山木匠蒯祥引领的"香山帮"，更是江南人的骄傲。1417 年，蒯祥应召入京，负责建造了承天门（天安门）、乾清宫和坤宁宫三大宫殿，缔造了明帝国巍峨宫殿的心脏。《苏州府志·蒯祥传》称："凡殿阁楼榭，以至回廊曲宇，祥随手图之，无不称上意者。""随手图之"看似漫不经心，实则是他数十年的经验积累和深厚的精湛功夫。传说蒯祥善于创新，发明了宫殿、厅堂建筑中的"金刚腿""活门坎"等独家技艺。如今香山帮传统建筑营造的技艺也已被列为世界级非物质文化遗产。

江南的"匠心"如今依旧在生生不息。在二胡圣地梅里的"古月琴坊"中，我们又一次感知到精细高超的"匠心"。这个工坊是由二胡制作大师万其兴创建的，他制作的"万氏琴"采百家之长，享誉海内外，是许多藏家竞相收藏的珍品。目前全国百分之四十的二胡都产自这里，在世界各地也都能见到梅村生产的二胡。

"江南音，一唱值千金。二胡韵，一曲吴人心。"春秋时期，泰伯后人季扎曾听周乐而知"殷夏之风"，如今聆听阿炳的民乐绝响《二泉映月》，则能让世界仰视中华民乐的独特华彩……

伯渎河，一条自然之河，更是一条绵延不息的文脉之河、侠义之河、风雅之河。

走向海洋的
都城回声

岁月壮阔，江海奔流。穿过悠远的风雨烟尘，南京城走向辽阔海洋的历史回声却一直鸣响在我的耳畔。

南京曾经是中国最早走向蔚蓝深海的策源地。深入南京城寻访，这里有许多令人感怀大海的历史遗存：东吴时期有过强大的水军基地，宋朝建有“浮江万艘”的军港，明朝时期世界最先进的造船厂，还有朱棣下旨兴建的天妃宫及彰昭郑和航海功德的静海寺。此后，则有清朝兴办的江南水师学堂和民国时期的海军部旧址……

这些遗存使我们领略到风云际会中一座城市拥抱海洋的宏阔气度，也能从中感知到一个民族禁海锁国、落后世界的屈辱悲情。

一

临江达海的南京城，在苍茫悠远的岁月中，留下了一道道曲折沉浮的前行轨迹。

公元前 486 年，与它隔江遥望的扬州，就已是一座重要的内河港口城市，它的身后遍布湖沼水泊，绵延在广袤无际的江淮原野上。

远古人类文明的进步，有时源于战争，有时源于水患，而多数则源于权力者的宏阔抱负与强权野心。春秋五霸中最早建立水军的吴王夫差，为实现北伐齐国、称霸中原的宏大目标，将其经略的目光投向了这里的港口，以举国之力开挖连接长江与淮河的古邗沟，催生了一项伟大工程。于是，《左传》中留下了冷峻一笔："吴城邗，沟通江淮。"

汉文帝元年（前 179），吴王刘濞为实现其篡国"上位"的野心，又开凿了另一条邗沟，它西起茱萸湾（扬州市湾头镇），东通海陵仓（今泰州）及如皋蟠溪，这也是运盐河之始。两邗沟相交于湾头，为刘濞在此铸钱、煮盐和发展盐业运输做出了巨大贡献。不过他也没有想到，由此开发勃兴的盐业会成为日后历代朝廷重要的赋税之源。与此同时，也在不经意间拓展了人们走向海洋的宏阔视野。

伴随海上贸易的日渐繁荣，沿海沿江一带逐步开放。浩荡的海洋之风，不只抚拂着江淮两岸，也悄然浸润着渐次兴起的东吴都城。

公元 211 年，孙权将治所从京口迁至秣陵（今南京），次年，改秣陵为建业，开启了南京建都的历史序幕。为守护长江天堑，经略江海之间的战略空间，孙权建立了强大的水军。建康石头城为孙吴水师总部，《晋书》记载，其时的建邺是"浮江万艘，带甲百万"，这是何等提振人心的壮阔一幕！

如今透过《三国志·周瑜传》"火烧赤壁"的历史章

节，我们也能从中一窥其时的造船实力：

> 乃取蒙冲斗舰数十艘，实以薪草，膏油灌其中。裹以帷幕，上建牙旗，先书报曹公，欺以欲降。又豫备走舸，各系大船后，因引次俱前……盖放诸船，同时发火。

这里的“斗舰”是装备精良的战船，而“走舸”则是快船，这些分类清晰、功能完备的船型表明，东吴已形成了相对完备的水军体系。专家研究显示：东吴的大船，可以乘 3000 人，大帆高九丈，已使用升降舵技术，总量多达数千艘。显而易见，东吴能在赤壁大战中取胜不是偶然的，这其中有先进的造船实力作为重要支撑。

左思在《吴都赋》中，也以其飞扬的笔墨呈现出开放都城的壮阔场景：“戎车盈于石城，戈船掩于江湖。”“弘舸连舳、巨槛接舻，飞云盖海，制非常模。”这些华丽的文字免不了带些张扬炫耀的成分，可读起来还是令人深感震撼：

> 于是乐只衎而欢饫无匮，都辇殷而四奥来暨。水浮陆行，方舟结驷。唱棹转毂，昧旦永日。开市朝而并纳，横阛阓而流溢。混品物而同

> 廛，并都鄙而为一。士女伫眙，商贾骈坒。纻衣絺服，杂沓傱萃。轻舆按辔以经隧，楼船举帆而过肆。果布辐辏而常然，致远流离与珂珬。缫贿纷纭，器用万端……

店肆林立，百货齐全，士女商贾，纷至沓来。其时的南京已是世界上第一个人口超过百万的城市，这里不仅有本地的土特产，还汇聚了来自五湖四海的南北货，有了一派国际化都市的热闹与繁华。

东吴城西，石头津下，又有另一番景象：这里一度停满了波斯船、阿拉伯船、昆仑船，各国商贾、使臣举帆前来建业贸易，史称“贡使商旅，方舟万计”。

吴国的遣使出访也极为频繁，分别于226年、230年、232年、241年派出强大舰队出访。其中226年朱应、康泰出使扶南（今柬埔寨全境及老挝、越南南部、泰国东南一带古国），“所经及闻，百余十国”，史称“南宣国化”。

230年，卫温、诸葛直带领万余精兵，乘200余艘舰船，渡琼州海峡，再到夷洲（今中国台湾），意图进一步壮大吴国实力，后因水土不服，只得让残余的吴军带着数千夷洲土著回到东吴。

“舟船继路、商使交属”，勃兴的运河漕运和海上贸易，无不助推着建康城走向一个兼容并蓄的海洋文化时代。

东晋一朝，“江水直逼石头城下，万船停泊，舳舻蔽江，帆樯如林”(《晋书·五行志》)。

刘裕代晋建宋，定都建康。409 年，刘裕北伐，让高句丽王送马，高句丽王立即从海上送来 800 匹好马。434 年，宋文帝刘义隆亲自到建康码头迎接从狮子国（今斯里兰卡）举帆前来的比丘尼铁索罗等一批高僧，为中国净音、尼慧果尼众受戒。从此，中国有了“受过律、戒”的比丘尼。

南朝梁代，外交规模空前。波斯国分别于 533 年、550 年、555 年遣使建康，进贡大批礼物。《梁书》载坡利国（今加里曼丹岛）距建康 5000 公里，他们的使臣海舶来建康 60 天。

纵观六朝，300 余年 40 帝，因北方战争频繁，南方社会相对安定，建康城也愈加开放。海上丝路渐趋繁荣，使得高使交属，络绎不绝。那些帝王们坐拥朝贡，把玩异宝，罗马艺术也由此传入建康。周边诸国，慑于其强大，纷纷遣使举帆前来。其间，史载有 30 余国，百余批次来访建康。南亚的金刚指环、鹦鹉螺杯、印度佛像、象牙、犀角、珍珠、珊瑚、玳瑁、木棉、香料、檀香木等传入中国，而中国的瓷器、瓦当、铜镜、丝织品、文化典籍、艺术品、工艺、制度礼仪也在不断地输出海外。

春去秋来，时光流逝。建康城在开放中滋养了容纳百川的气度，也植入了拥抱大海的血脉基因。

伴随长期的宋金战争，战火荼毒蔓延，国势日益倾颓。南宋初立，群臣皆议以建康为都，欲以此显示匡复中原之决心，可惜高宗无意北伐而定都于临安，又因迫于舆论只得定建康为行都。

频繁的战争，一方面造成无数生灵涂炭，却也直接推动了沿江一带战船制造业的发展。建康龙湾（今南京龙江船厂所在地）因此成为官方重要的造船基地和停泊舰船的军用码头。据建康府制置司统计：“自淳祐九年以后，大略可考造船修船共三千五百五十只。”为了保护这些战船，江东转运使马光祖“即龙湾水次，度地三百余丈，创屋二百五十间，立闸启闭。而门其上，扁曰‘沿江大使司船寨’。寨成，众船以次藏泊”。

早在北宋时，先后两次任江宁知府的王安石，在登临石头城时曾写下著名的《桂枝香》。在这首怀古词中，他以其穿越时空的深邃目光，融入了对六朝兴亡、悲恨相续的无限感叹，传达出洞察现实的深切忧患：

> 念往昔，繁华竞逐，叹门外楼头，悲恨相续。千古凭高对此，谩嗟荣辱。六朝旧事随流水，但寒烟草凝绿。至今商女，时时犹唱，后庭遗曲。

一词成谶。100 多年后，他的忧思成为现实。1279 年，南宋小朝廷因无力阻止金兵挥戈南下，不得不率全军 2000 多艘海船及兵民 20 余万人，在崖山一带与蒙元水军 500 多艘战舰海上对峙，决一死战。战后沉船千余，余舟 800 艘，大臣陆秀夫身背宋朝最后一位小皇帝投海而亡。

“山围故国周遭在，潮打空城寂寞回。”石头城边一度喧嚣繁忙的宋代龙湾军港，不得不在滔滔东去的江水冲击下又一次荒芜沉寂了。

二

“俯视其下，则华夷舸舰泊者樯林，上下者如织梭之迷江。”这是朱元璋在狮子山远眺沿江天堑舟船密布的壮观景象后写下的《阅江楼记》里的一句话，洋溢着君临天下的志得意满。

朱元璋自幼浪迹江、淮、滁、泗之间，在长期夺取政权的战争进程中，深知舟船水战在关键时刻往往起着决定性作用。定都南京后，他设立专门机构，在宋、元时期的龙湾“都船厂”原址上，又复建起新的“龙江船厂”。在他眼中，这里兼具地势之要和风景之美：“宫城去大城西北将二十里，抵江干曰龙湾。有山蜿蜒如龙，连络如接翅飞鸿，号曰卢龙，趋江而饮水，末伏于平沙。”（《阅江楼记》）大臣孙炎曾写有荡气回肠的《龙湾城》一诗，以此讴歌龙湾城的壮阔之美：“龙湾城，壮如铁，城下是长江，城头有明月。月色照人心不移，江水长流无尽时。”江水滔滔，月色如银，守城将士众志成城，气冲斗牛，这场景气势确实震撼人心。

然而，朱元璋这样的张扬激情却未能持续。洪武三年（1370），因“倭寇侵山东、浙江、福建滨海州县”，朱元璋下令“罢太仓黄渡市舶司”，随之而来的则是30年的禁海锁国。

在历经权力更替的短暂阵痛之后，南京城面向海洋开放的机遇又一次悄然而至。

永乐元年（1402）七月十七日，朱棣攻下南京。他以其防患于未然的深谋与睿智，打开了这座城市走向海洋的恢弘蓝图。

皇位初定的朱棣即把关注的目光，投向了南京草场门外一望无际的江边漫滩。这段延绵几十里长的漫滩，有着非比寻常的地势——它西临长江，东依秦淮，北出龙江关，紧靠三叉河，中间一马平川，在朱棣眼中是一块“宝地”。他在已有的龙湾船厂之外另辟蹊径，大手笔再建一个规模庞大的“宝船厂”。他将所造之船命名为“宝船”，既内蕴“下海取宝”“抚夷取宝”之意，又因船型艏艉高翘状如元宝，讨得人人口中吉言。

朱棣的目标宏阔远大，他要利用明朝先进的造船技术，建立起一支庞大的舰队，驶向蔚蓝的海洋。这一重大决策，显然出于政治、经济和军事上的多重考量：既有“疑惠帝亡海外，欲踪迹之”（《明史·郑和传》）的直接原因，也有“跨越海外与诸番货”（《瀛涯胜览》）的贸易需求，更有借此“宣德化而柔远人”，向海外番国彰显自己文治武功等多重目的。这是朱棣为巩固其名不正的专制帝位，清除一切可能遗留的政治隐患的战略抉择。

这是一次规模宏大的战略布局，极具风险和挑战，朱棣将此交给了“博辩机敏”的亲信郑和。

郑和本名马和，身材高大伟岸，“身长九尺，腰大十围，四岳俊而鼻小……眉目分明，耳白过面，齿如编贝，行如虎步，声音洪亮，姿貌才智，内侍中无与比者”（明袁忠彻《古今识鉴》）。相貌堂堂的郑和，还有着非比常人的坚毅与决断，内蕴着心怀高远、吐纳海天的航海家气度。

赢得朱棣的信任，郑和靠的是机敏过人的胆识和勇往直前的忠诚。朱棣“靖难”起兵之初，朱允炆派 50 万大军包围北平，万分危急时刻，马和临危献计，以 3 万骑兵组成敢死队半夜长途奔袭敌统帅指挥部，实施“斩首行动”。经过浴血奋战奇袭成功，直逼围困大军溃败后退百里，彻底化解了北平之危，进而一举扭转战局。朱棣当上皇帝后不忘马和奇功，因当时敌指挥部驻扎在“郑村”，故而赐姓马和“郑”姓，从此马和改名郑和。

兴建宝船厂、建造举世无双的宝船，直至率着庞大的船队驶向遥远的西洋，郑和倾注了自己的全部热情、心血、忠诚和博识。统筹调度，事必躬亲，南京城和宝船厂里留下了他奔走不息的身影，甘于忍辱负重，历经千难万险，他再次给朱棣创造了一个旷世奇迹。

这是一场声势浩大的造船运动。宝船厂造船如火如荼地进行着，各地征来的工匠有 2 万多人，各类杂役 7 万多人，为配合造船，在船厂的上游、中游、下游，还开挖了“上新河”“中新河”“下新河”。放眼望去，夹江和秦淮河上帆樯林立，市场喧嚣，人声鼎沸；船厂内斧、锯、凿的叮当之声，搬运木材的号子声，响彻云霄，昼夜不息。一艘艘巨大坚固的海船终于从这里造成并集结待航，其“舟楫之雄壮，才艺之巧妙，盖古所未有”。

放眼明朝，先后建置有 60 多家船厂，淮安清江船厂、太仓苏州造船厂都领有任务，而在沿江一带要数宝船厂和龙江造船厂的规模最大，造船技术最为先进，它代表了当时世界造船工业的最高水平，领先西方 300 多年。

1405 年，郑和率领 200 多条船舰，近 3 万名官兵，开启了他的第一次远航。在茫茫的大海上，庞大的船队“云帆高涨，昼夜星驰，涉波狂澜，如履通衢”，率先在人类历史上实现了辉煌的洲际航行。

> 当世界变革序幕尚未揭开时，即15世纪上半叶，在地球的东方，在波涛万顷的中国海，直到非洲东岸的辽阔海域，呈现出一幅中国人海上称雄的图景，这一光辉灿烂的景象，就是郑和下西洋。（李约瑟《中国科学技术史》）

经历无数次风涛险浪，郑和船队一次次化险为夷。首航归来的郑和上书说，危险的航行多次受到天妃的庇护，恳请朱棣赐予天妃徽号，兴建天妃宫。朱棣准奏，赐御碑，遣官致祭。如果说意志和信念是远海航行高扬的风帆，那么天妃宫里的袅袅香火就是吹动那些船帆灵动的风。

郑和第二次下西洋归来，朱棣又下诏兴建了表彰郑和航海功绩的皇家寺院静海寺。

郑和最初的航程，仅限于亚洲。第四次航行时，他的航程一直延伸到非洲海岸。西方学者孟席斯研究显示，在郑和率领船队的第六次航行中，先后穿行了62个列岛，17 000多个岛屿，并绘制了几万里的海岸线图，由此创造了人类历史上史诗般的辉煌。

不过远航付出的代价同样是巨大的。1423年10月，在郑和率领的周满和洪保船队中，就损失了50艘船。其中，周满船队出海9000人，归来时仅有900人，其中四分之三的人死在途中或是被散布在全球的定居点，这仅仅是七次航海损失中的一部分。

郑和下西洋对海外也产生了深远影响。古柯枝国王曾十分感激地对朱棣说："何幸中国圣人之教，沾及于我。乃数岁以来，国内丰穰，居有屋庐，食有鱼鳖，衣足布帛。"贸易之外也时有冲突。印尼爪哇东、西王相争时，西王误杀我登岸交易士兵170人，郑和"方将兴师致讨"，"西王闻之惧，遣使谢罪"，赔偿万两黄金。郑和从大局出发则"止兵不进"。郑和以自己的政治智慧，创造了一种和平合作与包容和谐的外交原则，不只赢得了海外诸国的广泛认同与赞许，也推动了东西方文明在浩瀚海洋上的交汇融通。

反对航海的政治非议骤然而起。1421年，北京紫禁城突然发生了奉天、华盖、谨身三大殿遭遇雷击被毁事件。有人趁机攻击下西洋是一大弊政，说这是天威震怒、上天之谴。还有人非议郑和有贪污之嫌，且拥兵自重。这些指责使得朱棣也不由得不对郑和的行为起疑。然而，"是时，西洋贡船络绎不绝，各国奇珍异宝，无不毕集"。高峰时，19国使者蜂拥而来，多达1200人来中国朝贡，盛况空前的局面使朱棣猛然醒悟。于是，他力排众议，继续支持郑和的航海事业。

更沉重的打击接踵而来。当郑和第六次航行之时，得知皇帝病重立即“中道返航”，可是待他归来时朱棣已病逝于榆木川。

下西洋需要坚实的财力支撑，加之航行中遭受巨大的船只损失和许多船员的死亡，故而一直被其他大臣视为朝中的重大弊政。太子朱高炽即位后，颁下的第一道命令就是“罢西洋取宝船”：

> 下西洋诸番国宝船悉皆停止，如已在福建、太仓等处安泊者，俱回南京，货物仍于内府库交收。诸番国有进贡使臣当回去者，拨人船护送前去。各处修造下番海船，悉皆停止……各处买办……悉皆停罢。官员人等，即起程回京，不许指此为由，科敛害民。

历经20多年下西洋的宏阔远航，就这样突然罢停。

人声鼎沸、昼夜不息的船厂，即刻停止了喧嚣。数以千计的地图、海图，以及珍贵的《航海日志》《出使水程录》《海外番国御疏》等资料一一被毁，庞大的舟师被即刻裁撤。一艘艘宝船停进宝船厂、龙江船厂的船坞中，任由风吹雨打，直至毁朽沉没，生机勃勃的厂库，最终“鞠为茂草”，一片荒芜。

面对这一切，郑和曾满怀忧切地提醒朱高炽：“欲国家富强，不可置海洋于不顾。财富取之于海，危险亦来自海上。”“一旦他国之君夺得南洋，华夏危矣……我国船队战无不胜，可用之扩大经商，制服异域，使其不敢觊觎南洋也。”然而，郑和极具战略眼光的建言，却未能赢得朱高炽的回应。

就在郑和绝望之时，继位不到一年的朱高炽突然病逝，由年轻的朱瞻基即位。在经历几年的海禁之后，他突然发现“外番贡使多不至”，海上也开始不平静了，他因此渐渐悟出了海洋的重要性。宝船停航九年后，朱瞻基再次下旨起用已经六十岁的郑和，重建舟师，再下西洋。

老骥伏枥的郑和却没能将下西洋的辉煌持续下去。1433 年，他在第七次航海的回程途中，病逝于印度半岛南部西海岸的古里，人们为他举行了隆重的海葬。对于郑和而言，也许大海才是他人生的最好归属。

明宣宗颁旨在南京牛首山南麓的谷里修建郑和的“衣冠冢”。整个墓穴呈“回”字形，墓前台阶是四组七层二十八级，寓意郑和七下西洋，历时二十八载。

一个史诗般波澜壮阔的航海时代，伴随朱棣与郑和的先后离去而宣告结束，而南京城则永远铭记了他们的旷世传奇。

标志着人类东西方大海通的时代为何会如此短暂？回溯历史不难发现，朱元璋和朱棣父子统治时期，是一个既开放强大而又极度专治的王朝，那种任意以剥皮楦草和廷杖夺取人尊严与生命的统治手段，对国民性有着不可言喻的深度摧残。显然，一个社会如果仅靠统治者个人的非凡魄力和宏阔的政治抱负，而没有一个民族心灵上的自由开放与精神上的刚健张扬，这样的辉煌必然是转瞬即逝的。

南京城从此失去了与蔚蓝大海共振的心跳节律，而中国则进入了与世隔绝的漫漫长夜。

三

在华夏禁海锁国400多年之后，日渐羸弱的清王朝终于痛切地感受到来自海洋上的危险。

1840年，英国政府以林则徐虎门销烟等为借口派出远征军侵华。6月，英军舰船47艘、陆军4000人在海军少将懿律、驻华商务监督义律的率领下，攻占定海，北上天津，后又攻占香港岛。此后，英军又攻陷厦门、定海（第二次攻陷）、镇海、宁波。

1842年7月21日，英军攻占京杭大运河与长江交汇处的镇江，封锁运河口，切断了与北方的商业联系。漕运被封，迫使道光皇帝不得不做出求和的决定。

于是，南京城和静海寺再次走进历史聚焦的视野之中。

静海寺是朱棣为彰昭郑和“扬大明国力、使‘海外平服’”的丰功而敕建，寺名取“海晏河清，太平盛世”之意。

可是1842年的清王朝，却早已失去了“四海平静”。在英军的枪炮口下，清政府和英军先后四次在静海寺内议约。同年8月，双方终于在英军旗舰“康华丽”号上正式签订了丧权辱国的《南京条约》，清政府被迫向英国开放沿海广州、福州、厦门、宁波、上海等五处港口，并割让香港岛。

令人尤为齿寒的是，签订条约的中方代表耆英、伊里布，还在静海寺内杀猪宰羊，摆下酒宴，犒劳英军，并为守护军舰的英军送去酒食“慰劳”。

郑和在天之灵不会想到，400多年前他发出的“危险亦来自海上”的预言已然成真。当年为彰昭大明强大开放的皇家寺院静海寺，转眼却成了中华民族遭受屈辱的见证地。

失去海洋主导权的民族，必然会遭受外强的欺侮，这是历史一次次用鲜血凝聚成的铁律。鸦片战争的隆隆炮声，丧权辱国的《南京条约》签订，彻底打碎了清王朝“天朝上国”的美梦。

一群中国的先行者痛定思痛之后悄然觉醒。曾任江苏巡抚的林则徐，在道光十八年（1838）受命钦差大臣赴广州禁烟，此时他已意识到有必要向西方学习先进技术。林则徐广泛搜集世界各国资料，组织人力将英国人慕瑞的《地理大全》翻译成中文，取名为《四洲志》。后来林则徐被革职发配新疆伊犁戍边，他又把《四洲志》草稿及有关资料交给了好友魏源。魏源在南京的乌龙潭边，以此为基础编写了一部更为详细、全面介绍世界的巨著《海国图志》。这本意在让中国人“睁眼睛看世界”的书，在1843年出版后20年间，只卖出1000多册。这些中国先知带血的呐喊，并未能警醒酣然沉睡中的南京城与大清朝廷，却在不经意间警醒了日本的知识精英，开启了日本明治维新的序幕。

1865年，由徐寿、华蘅芳及徐寿儿子等人设计制造的第一艘机动轮船“黄鹄”号，在南京下关江面试航成功。《字林西报》自豪地称：

> 中国第一艘轮船，是显示中国人具有机器天才的惊人实例……它航行于扬子江，在不足十四小时逆水行二百二十五华里，回程顺行八小时，全部工具器材，连同雌雄螺丝、螺丝钉、活塞、气压计等，都是徐寿父子亲自监制，没有外

洋模型及外人协助。

同治皇帝闻知，专门御赐他“天下第一巧匠”匾额。然而，在西方工业革命浪潮的冲击下，这一媒体自嗨式的技术创新，实在挺不起摇摇欲坠的大清王朝。

十九世纪七十年代，中国的洋务运动蓬勃兴起，洋务运动家们开始创办中国的海防，出现了由沈葆桢、李鸿章负责的南洋海军和北洋海军。此后，因朝廷严敕和一些洋务大臣的身体力行，近代中国第一次出现了筹办海军学堂的高潮：

1887 年，张之洞在广东创办了广东黄埔水师学堂；1888 年，清廷在京师创办了昆明湖水师学堂；1889 年，丁汝昌创办了威海水师学堂。在这样的热潮中，守护沪江地区的两江总督、南洋大臣曾国荃于 1890 年上奏：“至水师学堂为操练人才之地，既经通饬沿海省份一律创办，南洋自当遵照办理。”

光绪十六年（1890）九月，南京仪凤门内建起了一座江南水师学堂。借此，金陵古城似乎又一次燃起了走向海洋的憧憬。

江南水师学堂建筑面积达 4790 平方米，设有总办楼、英籍教学楼、轿厅、东西长廊等。学员入学不仅免收学费，还发放津贴费。不过此时的中国，不只缺少先进的炮舰建造技术，也缺少能顺应近代海军需求的军事人才，更缺少熟悉各类军舰实战操作的高水平师资力量。

历史为人们记载了那离奇的一幕。1898年4月，十八岁的鲁迅考入江南水师学堂的轮机班就读。招考的题目是“云从龙风从虎论”，一个月后又进行了一次考试，题目是“问孟子曰，我四十不动心，又曰，吾善养吾浩然之气。平时用功，此心此气究如何区别，如何相通，请详言之”。这样的题目显然与打造近代海军的目标需求风马牛不相及。显而易见，依靠一帮旧式绿营武官是培养不出新型的海军人才的。同年11月，因不满该校的师资力量和乌烟瘴气的校风，年轻的鲁迅愤而退学。

不满的还有张之洞。1902年，张之洞再次署理两江总督一职。上任伊始，他就视察了两江麾下的南洋水师。但不习战阵已久的南洋水师现状却令张之洞忧心忡忡，在观看了充当练习舰上江南水师学堂学生的毕业操演后，张之洞十分不满：

> 令其演放大炮，手法生疏，草率拉火，不响遂不再拉火，空手作一拉之势而已；令其装配药弹演试炮准，则管带甚有难色。据云，数年来罕有装药实放。十分可骇……索阅出洋海图，则三年内仅寥寥数纸。

似此各项功课实际毫无，不知该学生等所练何事，所毕何业……虚縻经费，旷废岁月，贻误水师人才，实堪痛恨。

国势衰弱，即使你拼尽全力播下龙种，收获的也只能是跳蚤。清末虽然兴办了那么多的海军学堂，却并没有给人们赢得过一场海战胜利。

1909 年，江南水师学堂改为南洋海军学堂。1911 年冬天，最后一届毕业生毕业。1912 年，中华民国成立后，江南水师学堂改为海军军官学校。此后，几经转改调整，最终于 1925 年停办。

1928 年，国民政府在行政院军政部之下设立海军署；1929 年改为海军部。从此，那座具有巴洛克风格的门楼成了恒久的历史定格。

孙中山在其著名的《建国论》中曾感慨说：

郑和竟能于十四个月中造成六十四艘大舶，载运二万八千人巡游南洋，示威海外，为中国超前轶后之奇举。至今南洋犹有怀想当年三保之雄风遗烈者，可谓壮矣。

在外敌入侵、军阀混战、积贫积弱的民国时代，南京城早已失去了指向海洋应有的底气与激情怀想。

开放与封闭，强大与羸弱，辉煌与屈辱，豪迈与悲情，恒久地交汇在了这座绵延千年的城市记忆里……

春秋易代，转眼百年。如今在宝船厂遗址的四周，高楼矗立，商铺满目，人气升腾。在现代都市繁华的喧嚣声里，人们只能通过仅存的几条作塘遗址、考古发掘出的桅杆和纪念馆里模仿建造的宝船模型，去遥想当年大海上的惊涛骇浪。

7 月 11 日，是当年永乐皇帝颁令出海的日子，如今已为法定国家航海日。每年此时，牛首山南麓的郑和墓旁，依然可见络绎不绝的瞻仰人群，前往缅怀这位曾经引领世界航海史的民族英雄。

中华民族从来没有像今天这样，越来越临近百年崛起的伟大梦想。然而，回望南京城沧桑跌宕的历史，我们不能不对昔日郑和下西洋的辉煌梦魂牵绕，对鸦片战争以来遭受的民族屈辱刻骨铭心，对那些镌刻大海浪迹的历史遗存倍加珍惜。

我相信，人们从这座城市中听到的不只是潮打古城的历史回响，更有对走向未来的壮阔期待与深刻警示。

浦东之东

浦东之东，面向大海，俯视广远，吞吐万汇。

有人比喻说，自渤海湾到杭州湾漫长的海岸线就像是一把巨大的弧形弯弓，而长江如同是搭在中间的一支长箭，上海浦东就是其锋利的箭头。

地处江海交汇出海口的位置，赋予了上海独特的地利禀赋。有人说，千年之前看扬州，六百年之前看苏州，百年之中看上海。走过荒芜，越过苍凉，历经开放，拥抱繁盛，在这片江海交汇的原野上，一座座城市走过了崛起、兴盛、衰落迭代的宏阔历程。

从最早“吴头楚尾”的扬州城，到“天下财货莫不聚于此”的姑苏城，再到如今的全球城市大上海，放眼长三角区域历经千年的城市变迁，会深刻感知到我们正置身其中的时代巨变。

3000 年——扬州视野中的“吴根越角”

浩浩长江，西起青海，流经西藏、四川、云南、重庆、湖北、湖南、江西、安徽、江苏、上海等 7 个省 2 个直辖市和 1 个自治区。全长 6300 多公里，流域面积 180 多万平方公里，约占中国土地总面积的五分之一。

在人类历史上，大江大河之旁，往往人口密集，四方辐辏，城市繁盛。在浩漫的历史长河中，追溯长江下游、淮河以南以及浙江钱塘以北的城市发展史，不难发现，长三角区域的经济兴盛最初是背靠黄海，逐步向内扩张的“内向型”辐射过程。

打开历史久远的《西周江淮下游方国图》，我们看到最早标定的城市仅有两个：一个是扬州的干（邗），另一个是吴国国都即今无锡梅里。吴王阖闾元年（前514），他从梅里迁往姑苏，梅里城建史从此中断，而苏州城建史则由此开启。

《左传·哀公九年》载：“秋，吴城邗，沟通江淮。”这是江海一带最早的城市记载。从邗国的邗城、吴城，后到江都城、广陵城，再到扬州城，3000多年的城市发展史，一脉相承，从未间断。

“扬州”一名最先出现在中国最早的地理著作《尚书·禹贡》中：“江淮惟扬州。”这里的“扬州”是作为九州之一而言的。此后则有《释地》中的“江南曰扬州”，《职方》中的“东南曰扬州”，都是指代十分广阔的地域。据唐代《通典》中说，在古代扬州的范围里，包含了唐代所设置的39个郡，196个县，这与后来的扬州城显然不是一回事。

扬州城最初的兴盛得益于两位吴王：一位是春秋时期的吴王夫差，他因要北伐齐国，称霸诸侯，而建邗城，开挖邗沟，成为后来的运河之始。另一位则是汉朝的吴王刘濞，他是汉高祖刘邦的侄子，因战功显赫，由沛县侯晋封为吴王，统辖东南三郡五十三城，定都于广陵（今扬州）。刘濞勇猛且有野心，汉文帝时他的儿子吴国世子，在京城因与文帝皇太子下棋出现争执被其所杀。杀子之恨无疑恶化了他与朝廷的关系，也加剧了其篡位图谋之心。

《史记·吴王濞列传》载："会孝惠、高后时……濞则招致天下亡命者盗铸钱，煮海水为盐，以故无赋，国用富饶。"盐业经济的快速发展使吴国迅速富裕起来，有人考证刘濞大概是中国历史上第一个免除百姓赋税的王。为了便于运输越来越多的盐和各种财货，刘濞又动用人力开挖了另一条"邗沟"。"吴王濞开邗沟，自扬州茱萸湾通海陵仓（今泰州东）及如皋蟠溪。濞以诸侯煮海为利，凿河通道运盐，此运盐河之始。"（明陆君弼《万历扬州府志》）

两汉之际，煮盐技术日渐成熟，扬州沿海一带盐业形成了一套比较稳定的生产流程，即刈草于荡，烧灰于场，晒灰淋卤，归卤于池，煎盐于盘。由此，产盐的规模不断扩张，再加上外来人口的迁移集聚和交通便利，给扬州城市的发展带来了巨大动能。

在中国历史上，盐税是在财政收入中仅次于田赋的第二大税种。秦王朝时，废除盐的专卖而实行征税制，使得盐税收入较前提高了20多倍，这也是刘濞不遗余力发展盐业的客观原因。南朝史学家沈约在其《宋书》卷五四中评论说：“江南之国盛矣……外奉贡赋，内充府实，止于荆、扬二州。……荆城跨南楚之富，扬部有全吴之沃……鱼盐杞梓之利，充仞八方，丝绵布帛之饶，覆衣天下。”

到了唐代，随着隋代大运河的全线贯通，扬州确立了全国水陆交通枢纽的地位。其时的扬州“南北大冲、百货云集”，一跃成为东南货物集散之地和海盐集散中心，发展成独领风骚的江南第一大都会，其经济地位超过了长安、洛阳和益州，有“天下之盛，扬为首”的美誉。

唐肃宗乾元三年（760），刘晏任度支、铸钱、铁盐等使（相当于今天的财政官员），其初任职时，江淮盐利才40万缗，至大历末期，达到600万缗。唐贞观年间，1斗米只卖5文钱，通常1两银子折为1000文铜钱，即1贯或称1缗，可以买200斗米。由此亦可见其时之富庶。

唐代的扬州城规模有多大呢？“春风十里扬州路”，“十里长街市并连”，“九里楼头牵翡翠”，唐诗里的这些描写当然是朦胧而又含混的，只能看作是“主街道”而已。日本僧人圆仁在其《入唐求法巡礼行记》中载：“扬州南北十一里，东西七里，周四十里。”沈括在《梦溪笔谈》的《补笔谈》中记载：“扬州在唐时最为富盛，旧城南北十五里一百一十步，东西七里三十步。”这样的规模在其时江海交汇的平原上，无疑已是一座规模宏大的城市了。

扬州城的繁华在许多诗人笔下和文学作品中都有精彩描述。如唐代传奇《玄怪录》中载："开元十八年正月望夕，帝（唐玄宗）谓叶仙师曰：'四方之盛，陈于此夕，师知何处极丽？'对曰：'灯烛华丽，百戏陈设，士女争妍，粉黛相染，天下无逾于广陵矣。'"

唐代到过扬州和生活在扬州的诗人多不胜数，抒写扬州的诗篇也是不计其数，而其中最为脍炙人口的当属李白的《黄鹤楼送孟浩然之广陵》："故人西辞黄鹤楼，烟花三月下扬州。孤帆远影碧空尽，唯见长江天际流。"李白曾多次来扬州，后来他回忆说："曩昔东游维扬，不逾一年，散金三十余万，有落魄公子，悉皆济之，此则是白轻财好施也。"这里的"金"当为"开通元宝"。其时，江淮米价每斗仅数文，三十余万可买米三十万石。即使以诗人浪漫的秉性有所夸大，但若以三分之一计，也很惊人。除了李白的豪侠任性之外，这也可从一个侧面看出当时扬州城市的消费层次之高。

再如，有"以孤篇压倒全唐"之誉的《春江花月夜》，其作者张若虚正是扬州人。在他之前的隋炀帝也曾写过《春江花月夜》的诗："暮江平不动，春花满正开。流波将月去，潮水带星来。"黄昏远眺长江，月夜江水潮生，一片浩淼宁静；两岸暮霭沉沉，春花如火如荼。月星交辉，场景阔大，时间流逝，浩叹深沉，给人描绘出一幅清秋月夜风致婉然的盛景。很难说张若虚的《春江花月夜》没有受到前者的影响，但是他们对扬州江月美景的感悟则有异曲同工之妙。“春江潮水连海平，海上明月共潮生。滟滟随波千万里，何处春江无月明？江流宛转绕芳甸，月照花林皆似霰。空里流霜不觉飞，汀上白沙看不见。”专家们认为，这种景象应是当时扬州南郊曲江一带月下夜景的艺术再现。

研究魏晋南北朝隋唐史的唐长儒先生坦言：“毫不夸大地说，唐代中叶以后的财政支柱在江淮，财政的命脉是运河，扬州则是枢纽。”钱货的便捷流通，旺盛的消费需求，不仅促进了扬州城的繁荣，也极大地提升其“江淮之间，广陵大镇，富甲天下”的区域辐射力和影响力。

其时，在“吴头楚尾”的扬州城的视野中，被人称为“吴根越角”的沪渎，还是一片“海隅荒蛮”之地。

沪渎，原本是一个江海交汇的出口，源自楚国黄歇君的一片封邑。

黄歇其人博学多才，公元前 273 年，他出使秦国，正赶上秦国、韩国与魏国一起谋划进攻楚国。他为此上书秦昭王说，秦国和楚国是两个最强大的国家，如果秦国攻打楚国，必然导致两败俱伤，让韩、赵、魏等国家得渔翁之利。于是，秦昭王猛然醒悟，下令停止攻楚，使楚国转危为安。其后，黄歇还与楚国太子一起到秦国做人质，最后帮助太子化装逃出秦国。《史记·春申君列传》载："考烈王元年（前262），以黄歇为相，奉为春申君，赐淮北地十二县。后十五岁，黄歇言之楚王曰：'淮北地边齐，其势急，请以为郡便。'因并献淮北十二县，请封于江东。考烈王许之，春申君因城故吴墟，以自为都邑。"这里所说的"江东"，一般认为就是从苏州到上海一带。

《上海地名志》载，黄歇在其封邑，疏通河道，抑制水患，政绩显赫，深得民心。当地人纷纷以其姓或号为许多山、水、地方命名，在上海，有申江、春申江、黄浦江、黄申路、春申村等，均是为纪念这位开申之祖的。后来，"申"字就成了上海的代称。

秦汉时代，上海地区隶属于汉代吴王刘濞的辖区内。《史记·吴王濞列传》载：在今上海奉贤区拓林镇一带即已"海滨广斥，盐田相望"。东晋时代吴郡南境，则在今金山南部、奉贤西南地区。其时，这里也是"盐业兴盛，人丁辐辏"。

中国著名历史地理学家谭其骧注意到："自秦至唐天宝十载，共九百七十余年，上海大陆上只有在秦与西汉二百二十三十年中设置一个海盐县治。南北朝后期八十年间先后设置过前景、胥浦二县。此外东汉至南朝前期和隋唐至唐天宝共约六百六十年内，竟然连一个县治都不设，长期分属于治所在今浙江、江苏境内的嘉兴、海盐、昆山三县。”

宋元时期，上海地区的盐业一度兴盛。宋代华亭县东南滨海地带此时也已形成了百多里长的成片盐场。“吴盐胜雪”是北宋词人周邦彦对上海盐场出产之盐的美誉。清朝李行南有《申江竹枝词》云：“淞南遥望海腾云，两邑原从一邑与。灶户熬盐堆似雪，芦田掩映气氛氲。”

南宋建炎年间，南起今金山、拓林，北至吴淞江口沿海，设浦东、袁部、青村、崇明等 6 个盐场。如果将其与江淮地区产盐量进行比较，则不难看出地区之间的巨大差距。上海在宋景定元年（1260），年产食盐为 2500 万斤；到元至正元年（1341），增至 3000 万斤。江淮盐场众多，至元十六年（1279），年产盐量达 2.35 亿斤；至元十八年（1289），年产盐量 3.2 亿斤，最高年份是在天历二年（1329），当年产盐 3.8 亿斤，总收入达 1.425 亿多两白银。

饶有意味的是，南宋理宗时期一位扬州人张蕴曾客居上海浦，写过一首题为《上海》的诗：“梦醒三更鹤，芦边系短裙。听瀚看海月，坐石受天风。物至秋而化，年来我亦翁。长歌相劳事，犹喜此樽同。”诗人给我们描绘了他眼中上海浦的生活场景：三更半夜，他被鹤鸣惊醒，于是系着短裙独自来到江边，遥望天上明月，倾听江水拍岸之声，不免感叹人生苦短，老之将至。白鹤和佳鱼（后被称鲈鱼）曾是上海一带的特产，南朝顾野王在《舆地志》载："吴大帝（孙权）以汉建安中陆逊为华亭侯，即以其所居为封，谷出佳鱼莼菜，又多白鹤。"身居江浦乡野的张蕴三更半夜被鹤鸣叫醒，也就不稀奇了。

张蕴诗中的"上海"，当是指"上海浦"。吴淞江大的支流皆称"浦"，宋朝郏亶《吴门水利书》云："吴淞江南岸大浦十八条，其中有上海浦、下海浦。"

随着北宋王朝由盛而衰，从中原到华南，烽火遍地，战乱频仍，女真、蒙古南下，相对安定的上海地区成了避乱者的天堂，大量人口迁入上海。据方志专家许洪新先生计算，"上海地区人口总量在北宋大中祥符间约 48.6 万人，元至元二十七年（1290）约 218 万，明洪武二十四年（1391）约 280.2 万"，从北宋到明初近 400 年的时间里，这里的人口增长了近 5 倍（转引自仲富兰《上海六千年》，上海人民出版社 2018 年版）。

元至元二十八年（1291），经元朝中央批准，划出华亭县东北，黄浦江两岸的长人、高昌、北亭、新江、海隅 5 乡 26 保设立上海县。由此，"上海"一名流传下来。秦荣光在《同治上海县札记》中记载："宋神宗熙宁七年（1074），于华亭海设市舶提举司及榷货场，为上海镇。"

一些专家将此作为上海建城史的开端，一座名闻世界的"千年之城"由此滥觞。

唐代后期，由于唐朝政权日益腐朽，统治者“奢侈日甚，用兵不息，赋敛愈急”，而寻常百姓则是“所在皆饥饿，无所依投”，他们“相聚为盗，所在烽起”，爆发了全国性的农民战争。战火蔓延，使得“江淮之间，东西千里扫地尽矣”。此后，扬州城又历经无数次战火，遭受多次屠城，昔日的繁华烟消云散，衰败没落成其不可阻挡的必然命运。

600 年——依傍富庶大城身旁的“小苏州”

明代中叶以后，苏州依托运河和长江水系，各类贸易日益繁盛，在江南区域经济地位快速上升，逐步成为长江三角洲的经济文化中心。

明嘉靖时期昆山学者郑若曾说：“天下财货莫不聚于苏州。”《明会典》载，洪武二十六年（1393），苏州府秋粮实征数为 2 746 990 石，超过了全国实征数的 11%，比四川、广东、广西、云南四省的总和还多。而到了明代中叶，苏州一府每年应缴纳正额税粮为 2 770 000 石。时人由此感叹，“历观往古，自有田税以来，未有若是之重者也”。但换一个角度看，这也验证了苏州经济实力和财赋基础的雄厚。

到康乾时期，苏州发展的势头走上巅峰。以苏杭地区为中心，是清朝的财赋之区。其中，田赋占全国的百分之三十八，各种杂税近百分之三十，关税占近百分之五十，盐课占了百分之六十。康乾时代的沈寓因此慨言："东南财赋，姑苏最重；东南水利，姑苏最要；东南人士，姑苏最盛。"此时，上海的部分地区也隶属于苏州。

苏州也是东南沿海地区开放度很高的城市。十七世纪，有摩尔多瓦"马可·波罗"之誉的罗马尼亚外交使节米列斯库在他的《中国漫记》中写道："这个地区是全中国的著名地区，因为印度、葡萄牙、日本等各国商人都在这里将中国货装上船，运回他们国内，中国人也从这里出发，驶往世界各国。"

大约从十五世纪开始，苏州太仓港、浏河港的海外商船络绎不绝，许多国家的商船还可以通过吴淞江直达苏州城下。繁华的苏州与全球化的国际贸易相联系，明代航海家郑和七下西洋，先后到亚非 30 多个国家，交易许多金银、丝绸、瓷器等珍贵货物，其中苏州的丝绸占有不小的比例。西方学者曾有统计，整个殖民时期，西班牙从美洲殖民地榨取的白银超过 40 亿比索，相当于 14 万多吨，其中有一半因为西方对中国丝绸、茶叶和瓷器的巨大需求而流入中国，这是一条带来财赋与活力的白银之河。

乾隆年间，苏州府城人口达 75 万左右，嘉庆二十五年（1820），苏州人口密度达到每平方公里 1063 人。人口的快速增长自然带来了生产方式和经济结构的转变，农副业日渐兴盛，太湖东山茶叶“碧螺春”成为朝廷贡品，光福遍植果树，吴江“植桑者益多”，有“数十万株”；常熟、昆山、太仓，则广植棉花，此时便出现了“湖广熟，天下足”的美誉。

康乾时代的苏州，工商与手工业也高度发达起来，成为引领潮流的消费中心。设立于康熙初年的苏州织造署，与江宁、杭州织造署并称“江南三织造”。乾隆年间，作为全国最大的丝绸和棉布加工中心，苏州城里有织机一万两千多台，从事丝绸生产和贸易的有十万人。苏州城东“比户习织，专其业者不啻万家”，“南北商贩青蓝布匹，俱与苏郡染造，踹房多至四百余处，踹匠不下万余人”（《清通考职役》卷二三）。冯梦龙在其《醒世恒言》中曾对吴江盛泽镇的繁华有过传神的描写：“那市上两岸绸庄牙行，约有千百余家，远近村坊织成绸匹，俱到此上市。四方商贾来收买的蜂攒蚁集。”“天下衣被多赖之，富商大贾千里辇万金来买者，摩肩联袂，如一都会焉。”（乾隆《吴江县志》卷四）

其时，苏州城的影响力也达到了空前的高度，凡服装式样新鲜离奇，一概称为“苏样”，别的新鲜事件，则称为“苏意”。从中我们也能感知到苏州在经济文化中的引领地位。

在苏州城繁华富庶的背后，我们也不能轻忽明清两朝闭关锁国的特殊“背景”。从纵向的历史维度看，较之宋元两代高度的开放进取，明清两朝则走向了内敛保守，这些都在很大程度上影响了沿海港口城市的发展方向。特别是在明太祖朱元璋之后，朝廷实施了前所未有的海禁政策，规定民间百姓“片板不得下海”，海上贸易由官府垄断，并将其作为祖宗之法，要求其子孙世代遵守勿逾。虽然其后朱棣曾一度派郑和七下西洋，开启了世界航海史上的先声，但是声势浩大的中国航海热度也只是“昙花一现”。即使是航海，朝廷也是只准许官府航海，却不准许民间贸易。苏州的开放贸易，基本上也都是由官府垄断。

清朝入关以后，继承了明朝的海禁政策。清自顺治十一年（1645）起也实施海禁，并于顺治十八年（1652）发布迁海令，规定北起北直（河北），中经山东、江南（江苏）、浙江，南至福建、广东沿海居民均属迁海范围，分别内迁 30 至 50 里，商船、民船一律不准入海，违者施以严刑。迁海苛政延续了 20 多年，结果使沿海的农业、渔业、手工业及海外贸易都受到了严重摧残。

康熙二十三年（1684），康熙皇帝收复台湾，江、浙、闽、广海禁解除，部分开放海区准许海上贸易，但仍对海外贸易进行了多方限制。除了开放漳州、宁波、云台山和广州为对海外贸易码头，其他地方不得进行贸易，“如有打造双桅五百石以上违式出海者，不论官兵民人，俱发边卫充军。该文武官员及地方甲长，通谋打造者，徒三年；明知打造不行举报者，官革职，兵民杖一百”（《大清会典事例》）。

这些自然只是海禁政策中“严苛”的一个侧面。

海禁一方面极大地制约了沿海港口的发展方向与内在活力，另一方面则持续推动了苏州城依托运河、长江和沿海国内贸易的兴盛。

明清时期的上海，依托江海交汇的自然禀赋，则更多地接受来自苏州城和杭州湾海内外贸易的辐射与带动。

明洪武元年（1368），政府在太仓设立“市舶司”，航海家郑和多次率领庞大的船队，从浏河港扬帆起航出海。这是一支由27 000余人组成的船队，除了港口自然条件外，港内还配置有庞大的仓储以及运输设备等保障条件：“粮艘海舶、蛮商夷贾辐辏而云集，当时谓之六国码头。”

明代初期，随着商船逐渐增多，为了保障海上航行安全，吴淞口外亟需醒目的导航标志，于是永乐九年（1412），漕运总督陈瑄为此上疏朱棣：“明年，瑄言：‘嘉定濒海地，江流冲会，海舟停泊于此，无高山大陵可依。请于清浦筑土山，方百丈，高三十余丈，立堠表识’”，“既成，赐名宝山，帝亲为文记之。”（《明史·陈瑄传》）

这块“御制宝山碑”，后即成为上海“宝山”的来历。

朱棣时期的沿海开放是短暂的。上海设县以后，为了让其水系对接繁盛的苏州和大运河，逐步形成了两条国内贸易的海路：一是出东门溯吴淞江而上，入运河；二是出南门，经陆家浜、肇嘉浜等入蒲汇塘，由此可北入吴淞江入运河至苏州等地，南可经四泾达松江或南下浙江。

十八世纪中叶，以苏州为中心城市，借助港口贸易，将上海与南北沿海港口、长江沿岸各城市联系起来，致使南北洋沿岸贸易兴盛。据史书记载，上海港内常年停泊的北洋沙船达 3500 条，南洋海船近千条。每年从东北、山东等地运往上海的豆麦杂粮 1000 万石以上。长三角所产棉花、布、土产经上海海路销往闽广，闽广糖、海产、洋货亦由海路运至上海，再分销内地。

至清代，上海形成了五条运输贸易航线，往来包括棉花、棉布、茶叶、豆饼、大豆、豆油等。第一条为北洋航线；第二条为南洋航线，进出口货物主要有糖、燃料、棉花、茶叶等；第三条是长江航线，运输货物主要有大米、杂粮、木材等；第四条为内河航线；第五条为国外航线。

清嘉庆末年，上海地区随着沿海贸易与工商业的繁荣，外来人口不断增加，在册人口增至 418 万人。顺治、康熙、雍正年间，新兴镇市 70 余处。道光年间，镇市增至 300 余处。大市镇商贾云集，店铺林立，居民上万。

然而，面对富庶称雄天下、执江南城市全局之牛耳的苏州，上海无疑是自卑和低调的，“城中慕苏、扬余风”，上海人也以自称“小苏州”“小杭州”为荣。就连连通苏州、上海两地的吴淞江，也被人称之为“苏州河”而不是“上海河”。在人们的眼里，苏州才是人们无比向往的天堂。

康熙二十四年（1685），上海设立海关。雍正八年（1730），原驻苏州的苏松道迁治于上海县，主管税务事务，第二年兵备衔，更具权威。乾隆元年（1736），太仓被并入，从此称巡苏松太兵备道。道署迁沪，无疑是上海地位提升的标志。

伴随航运业的发展与兴盛，南来的鸟船、北行的沙船，均需到上海港口停泊。上海城东门外，已是一派舳舻相接、帆樯比栉的繁盛景象。到嘉庆年间，黄浦江滨，南北五六里空泊无隙，史称“闽、广、辽、沈之货，鳞萃羽集，远及西洋暹罗之舟，岁亦间至。地大物博，号称繁剧。诚江海之通浸，东南之都会也”（王大同等修，李林松等纂《嘉庆上海县志》，清嘉庆十九年刻本）。

在万商云集背景下催生的聚合，久而久之自然会产生裂变。它们为上海人的生存方式和绵延的海派文化，铺上了一层浓厚的商业文明底色。而面向海洋的港口生态，则日渐积淀为上海流动于血脉中的开放基因，并由此逐渐涵养出“俯视天下、包容万汇”的恢弘气度。

时移世易，新潮勃兴。十八世纪中叶，世界范围内兴起的工业化潮流即将呼啸而至，它们将给中国以及苏杭这些植根于农耕文明生态中的引领型城市，带来一场深广而又持久的巨大冲击。

依傍于苏州大城身边的港口县城——上海，则在面向海洋开放的进程中，悄然地从“边缘”走向了“前沿”。

180 年——枪炮口下开埠的百年“蝶变”

道光二十年（1840），西方列强用枪炮轰开了中国国门。

道光二十二年（1842），在英军的枪炮口下，清政府和英军先后四次在南京静海寺内议约，最终被迫签订了一个个不平等条约。

同年 8 月，双方在英军旗舰“康华丽”号上正式签订了丧权辱国的《南京条约》，清政府被迫向英国开放沿海的广州、福州、厦门、宁波、上海等五处港口，并割让香港岛。

道光二十三年（1843）十一月十七日，根据《南京条约》和《中英五口通商附粘善后条款》（又称《虎门条约》），又具体规定了英国人在通商口岸租地建屋的区域。

1843 年 11 月 8 日，英国首任驻上海领事巴富尔来沪，17 日正式宣布上海开埠。从此，中外贸易中心逐渐从广州移到上海。外国商人和外资纷纷涌进长江门户，开设行栈，设立码头，划定租界，开办银行。

道光二十五年（1845）十一月二十九日，清政府苏松太兵备道宫慕久与英国领事巴富尔共同公布《上海土地章程》，设立上海英租界。此后，美租界、法租界相继辟设。

上海由此进入百年“蝶变”的历史转折点。

自十八世纪六十年代起，从全球范围，看英国开始了工业革命，大机器工业逐渐代替了工场手工业。“不断扩大产品销路的需要，驱使资产阶级奔走于全球各地，它必须到处落户，到处创业，到处建立联系”（《共产党宣言》，中央编译社 2005 年版），努力寻找其新的资源与投资空间。上海处于江海交汇处的港口优势以及独具全球型港口的优越特性，自然吸引了外国资本的青睐。

从漫长的历史进程中不难发现，中国近代上海城市的崛起，并不是一次内生型的自我“生长”，而是在半殖民化和世界工业化趋势合力推动下的一场“被全球化”的“裂变”。这种“裂变”的外部动力，来自列强枪炮的逼迫以及对沿江沿海城市的强行“开放”。

早在道光十二年（1832）二月，英国东印度公司广州分行大班马志平，就把目光投向了上海。他派遣了“阿美士德”号商船，全船70余人，从澳门出发沿海岸线北上考察，旨在寻找新的通商地点。他们先后经福建南澳、厦门、福州、宁波等地，于6月20日抵达上海，7月8日离去。其间，他们详细地考察了上海市情，测量了黄浦江航道，了解上海港口和贸易情况，甚至还细心地查点从黄浦江进入上海港的船只，记录其数量、运载货物、航行线路，并以他们全球性贸易的视野对上海做出了评价：

考虑到这个地方对外洋贸易的特殊利益，它至今未引起更多的关注真是令人惊讶。它之所以重要，主要原因在于它具有优良的港湾和宜航的河道，由此而及，上海事实上已成为长江的海口和东亚主要的商业中心。它的国内贸易远在广州之上。

吴淞江起源于长江口太湖，然后穿越运河，如此便与长江、黄河以及北京沟通。它流经淀山湖又直达苏南首府苏州，它是这个帝国最富有、奢华的最大商业城市之一。从这里，无数宜航水道彼此沟通，四通八达，纵横交错。因此该江看来可以视作沟通、连接帝国最遥远地区的宽敞水道：从北京到云南，从东海岸到鞑靼荒漠中心。外国人特别是英国人如能获准在此自由贸易，所获利益将难以估量……

这是一个人口几乎两倍于整个欧洲的国家，有足足三千英里的海岸线，到处是世界上最好的河流和港湾。在她的口岸和城市中充满了勤劳富足、有进取心和善于经商的人们，他们会兴高采烈地欢呼通商。（[英]胡夏米《阿美士德号1832年上海之行记事》，张忠民译，载《上海研究论丛》第二辑，上海社会科学院出版社1989年版）

也许这正是列强发动鸦片战争前夕，为其策应军事扩张之后，进行更为长远的经济殖民化所做的舆论准备。

美国学者墨菲则从世界联系的维度，对上海相对于杭州、苏州、南京的区位优势做了独到的分析——

所有这三座城市，都曾由于缺少可供远洋轮船停泊的港口而在现代发展过程中陷于停顿。在杭州，那震撼人心的钱塘江江涛和杭州湾内的许多沙洲，使远洋轮船无法使用钱塘江口的港湾，而钱塘江本身，也只能供小型船舶通航。苏州过去曾经是沿海贸易中心，现在实际上已被陆地围住，不管怎样，至少到十八世纪，它作为港口城市，已为上海所取代了。南京离海岸210英里，必须跟泥沙沉积、滚滚江流和无掩蔽的锚地展开斗争。南京和杭州两地，作为商业中心，处于不利地位，特别是由于在其周围地带，货物运输多半经由水路，或者经由崎岖不平的陆路，这正与上海周围的宽广低地形成鲜明的对照。尽管所有这三座城市在中国对外贸易开放，遭受西方商业剥削以前，都比上海大得多，在新的经济情势下，它们很快地为上海所超越，因为水路上接近整个长江流域，接近国际贸易的主要海洋航道，赋予上海决定性的有利条件。（罗兹•墨菲《上海——现代中国的钥匙》，章克生等译，上海人民出版社1986年版）

我们细心梳理可以看到，第二次鸦片战争以后，英法等列强又强迫清廷签订了《天津条约》《北京条约》等不平等条约，其中相当一部分内容与长江及其沿江城市有关。条约规定新开一批城市为通商口岸，其中汉口、九江、南京、镇江4个城市即为长江沿岸城市。他们觊觎长江沿岸港口开放，显然是从经济上的掠夺来考量的。

1876年，英国借口马嘉理事件，再次逼迫清政府签订《烟台条约》，规定将宜昌、芜湖、温州、北海增添为通商口岸；1890 年中英签订了《烟台条约续增专条》，将重庆添列为通商口岸，1891 年重庆开埠。

1895 年，日本在甲午战争胜利后，与清廷签订了《马关条约》，其中规定沙市、重庆、苏州、杭州等为通商口岸。到 19 世纪末，上海到重庆已全线通航轮船，成为全中国最为繁忙的经济通道，而长江也因此成为连接中国东西部最为便捷的黄金水道。

从中国航运的线路看，上海处于从渤海湾至杭州湾之间的中点位置，沿海可达广州、厦门、福州、温州、宁波、淡水、琼州、北海、烟台、青岛、天津等港口；沿长江可达南京、芜湖、九江、汉口、宜昌、重庆等港口，还能连接长江下游及太湖流域河道的交通水系，腹地极其纵深而又广阔。这是上海独一无二的“地利”。

再从全球的视野看上海，往来于北美西海岸和日本、中国、东南亚之间的轮船所遵循的世界环航行线路最近点就是上海，所有西太平洋主要商业航道都在这里汇合。其次，中国远洋航行以香港与上海为中心，香港为欧洲航运中心，上海为东亚与中国航运中心。上海到西欧与美国东部港口大约相等。再放大看，上海远东航运的焦点位置，处于大西洋欧洲与美洲之间的正中位置，这也是其他远东港口所难以比拟的。

风云际会中的上海，在世界列强竞相掠夺的行动中，开始了它“被全球化”的生长节奏，创造出许多令人匪夷所思的“例外”：

在中国沿海城市中，上海因为有不同的租界分割，因而在相当长的一段时间内都是一市三治，一个城市有三个政治实体，有三套立法、行政、司法系统，官府行文分别使用中、英、法三种不同文字，法院开庭分别使用中、英、法三种不同语言，在中国乃至世界大概也是绝无仅有的。

“奇葩”的政治生态体系，使得上海成为近代中国最先“资本全球化”的城市。其时，在上海市面流通的纸币，除了中国本国银行所发行之外，至少还有 18 家外国银行与合资银行，其中英国 4 家，美国 3 家，日本 2 家，法、德、荷、比各 1 家。各种面值、各种文字、各种颜色、各种图案的纸币都有，英国女王头像、孙中山头像、自由女神头像，同时出现在上海市面上。

相随相伴而来的是“投资全球化”。从 1895 年起，各国在上海的投资猛增，据统计，1895—1911 年，外商在中国共投资开办 91 家企业，其中 41 家在上海，占总数的 45%，投资额占开办资本总额的 43%。此外，从晚清政府、北洋政府，再到南京国民政府，也都对上海的城市发展高度重视。晚清政府将最重要的兵工厂江南制造局设在上海，将最重要的民用企业上海轮船招商局、上海机器织布局等设在上海，中国自办的第一家银行“中国通商银行”也设在上海。清末沪宁铁路、沪杭铁路建造，也均以上海为起始点。这两条铁路的建成通车，加强了上海与江浙地区及更大范围的联系。

“被全球化”的中外投资和城市建设格局，致使中、外、官、民的利益相互交织，形成了你中有我、我中有你，利害相连、得失与共的“利益共同体”。正是在这样的格局下，当八国联军侵犯中国时，上海出现了中外互保、两不相扰的奇异局面，才会出现日本侵略者侵占闸北、南市等华界地区以后，租界仍有航线与外界相通，才会有杨慧敏游过苏州河给抗日壮士敬送国旗的神奇一幕。于是，人们看到了人类战争史上绝无仅有的场景：隔着一条河，一边炮火连天，血肉横飞；一边笙歌达旦，醉生梦死。

上海也是一个“文化全球化”的先行区。近代上海所住的外国人最多时超过 15 万，来自亚洲、欧洲、南北美洲等 50 多个国家和地区的移民，在这里学习、工作、生活，中国文化、西方文化在这里都不占绝对统治地位，但是总体上则出现了广泛而又复杂的异质文化交织现象，如万国商团、多教混合、跨种婚姻、洋泾浜外语等。尤其值得一提的是，西方侨民出于追求美好生活的目的，此时将西方各种最先进的物质文明、制度文明与精神文明带到这里，使得上海在相当长的一段时间里，成为与巴黎、伦敦、纽约同步发展的现代化城市。

正是在多种资本集聚、多种政体相杂、多元利益交织、多元文化交融的进程中，上海一骑绝尘，替代了南京、苏州和杭州等城市，迅速发展成为长三角的经济中心、文化中心和政治重镇，成为中国的特大城市，远东与世界最大的城市之一。而当年令上海仰望的苏州城，则成了大上海的“后花园”。

此后，人们给上海“冠”上了一个个重量级的、无可替代的“头衔”：帝国主义侵华的桥头堡、国际“冒险家的乐园”、远东最大的国际金融中心、中国最大的经济中心、中国工人阶级的集聚地、中国共产党的诞生地。

毫无疑问，在近代中国，上海的崛起是一个“奇葩”，更是一个无可复制的“奇迹”。

30 年——中国全球化进程中的“浦东传奇”

新中国成立以后，上海的发展虽然在自我“封闭”中一度落后于世界，但是在全国的地位仍然是其他城市所难以比肩的，它以全国 1/1500 的土地、1/100 的人口，提供了 1/10 的工业产值与 1/6 的财政收入。

二十世纪九十年代初，在中国改革开放的进程中，面对先行先试的南方吹来的热风，上海感受到了前所未有的压力。

上海的高层决策者把目光投向了浦东。

浦东地区，主要是指黄浦江以东、长江口西南、川杨河以北紧靠市区的一块三角地区。它东北濒长江、南临杭州湾、西靠黄浦江，面积约 350 平方公里，有良好的建港和水运条件，初步具备了起步开发的条件。

最早给上海提出开放浦东建议的是美籍华人、创立“预应力混凝土”理论的桥梁建筑大师林同炎。1985 年 10 月，他在旧金山向刚刚卸任的上海市市长汪道涵毛遂自荐，提出开发浦东的建议。1986 年，林同炎给上海市委提出了《开发浦东——建设现代化的大上海》报告，在其引言中写道：

> 上海为全国工商业的人才发源地，也是铁路、公路、河道、港口交汇之枢纽，实乃工商文化交流中心。奈以地区有限，无法发挥其功能与潜在力，实为可惜。好在黄浦江对岸浦东有大好土地一片，尚待开发。只因一江之隔，比邻竟成天涯。所以我们必须把它和上海市中心连成一片，来建成现代化的大上海。

> 看看香港、新加坡，地方这么小，为什么会发展繁荣起来？主要是他们把它当做远东的发展中心。这中心的生产力，大部分是靠银行家、轻工业、管理、技术、商业、金融和进口出口荟萃而成的。因为有了这个中心，世界各处都向这里投资。因为交通、居住等等也都很方便，宾至如归，所以大家都会安顿下来。（谢国平《浦东开发史》，上海人民出版社 2017 年版）

林同炎前后写了 12 份报告，对开放浦东倾注了巨大心血。他的建议引起了上海市委市政府的高度重视。

1989 年 10 月 26 日，朱镕基在研究浦东开发专题会上解释说："为什么我们要提出加快开发浦东？我想，这是为了上海的改造和发展。上海目前的主要问题，就是人口十分拥挤，交通非常困难，工业过分集中，污染比较严重。浦东实际上是老市区的延伸，所以开发浦东具有最好、最优越的条件……从长远来看，上海要面向太平洋、面向全世界，要建成现代化的城市，建成太平洋沿岸最大的经济、贸易中心，当然也要开发浦东。它靠港口、靠海，地理位置非常优越，所以现在提出加速开发浦东。"（谢国平《浦东开发史》，上海人民出版社 2017 年版）

林同炎的报告和朱镕基的解释，让人感受到了一个共同的定位——全球视野。上海新的增长极在浦东，浦东开发的着眼点，则有更大的空间——盯着地球另一边的太平洋沿岸。

1990年4月14日，李鹏在上海视察时宣布：中央同意上海加快浦东地区开发，在浦东实行经济开发区和某些经济特区政策。

浦东开放开发由此上升到国家战略层面，吸引了全世界的目光。

美国《时代》周刊载："如果这个计划得以实现，浦东这块占地350平方公里（1992年扩大到522平方公里）、约半个新加坡大小、主要由农田构成的土地，将会变成'社会主义香港'，一个拥有自由港、外资银行分支机构和高科技企业的金融、贸易、工业中心。"

我们从长时段中审视就会看得更加清晰：如果说1840年鸦片战争之后的上海，是在列强枪炮口下实现的一次"被动全球化"；那么之后虽然有孙中山先生在其《建国方略》中提出过建设"以上海为东方大港"的宏大计划，以及1946年抗战胜利后国民党编制的"大上海都市计划"，但是在丧失主权、战争频仍、民生凋敝的时代里，这些也只能是美好憧憬中的"空中楼阁"。唯有改革开放时的浦东开发开放，才是中国近千年来首次开启的城市"自主型全球化"。这是站立起来的中国人民以其前所未有的自信面向世界，主动参与到经济全球化大潮之中的一次战略抉择。

邓小平在不断地推动着浦东开发。

1991年1月28日，邓小平在上海听取了开发浦东的汇报后说：“开发浦东，这个影响就大了，不只是浦东的问题，是关系到上海发展的问题，是利用上海这个基地发展长江三角洲和长江流域的问题。”“抓紧浦东开发，不要动摇，一直到底。”

邓小平看得很远：长江流域地处全国中心腹地，东西横贯华东、华中、华南三大经济区，南北纵穿10多个省区，内结大西南，外联大西北，交汇黄淮珠海四大水系，陆空交通发达，延伸全国各地，具有总揽沿海与内地、南北与东西，相互联系、相互开放的特征。

作为一位洞察世界风云和深谙中国发展历史的战略家，邓小平以其独特的视角看到了上海在对外开放方面拥有的优势：地理位置、交通条件、人才资源、自然资源以及历史积淀的与国际交往的联系和经验等等。

1993年春，邓小平再次提醒上海市领导：“希望你们不要丧失机遇。对于中国来说，大发展的机遇并不多。中国与世界各国不同，有着自己独特的机遇。”他急切的心情溢于言表。

1992年10月，江泽民在中国共产党十四大报告中对浦东开发开放的定位更加清晰："以上海浦东开发开放为龙头，进一步开放长江沿岸城市，尽快把上海建成国际经济、金融、贸易中心之一，带动长江三角洲和整个长江流域地区经济的新飞跃。"

上海的决策层在浦东开发进程中提出了"开发浦东，振兴上海，服务全国，面向世界"的战略，其"全球化"的意识十分强烈：打造一个中国与世界、现在与未来相融合的上海新标志地区。

时任上海市市长朱镕基说："不但陆家嘴的设计，整个这一带的设计，都要向全世界招标……要号召全世界的建筑设计师来投标。"仅仅到 1994 年，就有 500 多家中外建筑设计机构来上海参加这场竞赛，真正体现了"海纳百川、中西融合"的宗旨。

当时浦东还流行一条极具个性的标语："站在地球仪旁边思考浦东开发。"浦东干部的目标明确而又坚定："浦东开发是面向世界的，以其功能来说，目标是要做一个世界的经济城市，因此它需要世界的经营者来此做经济活动，也需要世界的投资、需要世界的经验、世界的作为，所以我们是站在地球仪旁边观察浦东，而不是站在上海观察浦东。"（赵启正《浦东逻辑：浦东开发与经济全球化》，上海三联书店 2007 年版）

放眼世界，上海浦东开发开放之时，恰逢融入了自二十世纪八十年代以来方兴未艾的经济全球化大潮。

经济学家们体察到了不可阻挡的新趋势：不断深化的经济全球化，在推动各种经济要素资源在全球范围内流动增长，它们打破了国家界限，使城市的经济空间成为主要载体，并使越来越多的城市通过相互连接而形成的经济网络逐步主宰全球的经济命脉。

在天时、地利、人和的作用下，上海浦东开发抓住了这个稍纵即逝的机遇，顺应了千年未有的全球变局。

进入二十一世纪，国家战略依然在不断地给上海赋能：这里诞生了第一个金融贸易区、第一个保税区、第一个自由贸易试验区及临港新区、第一家外商独资贸易公司等一系列“全国第一”。上海浦东新区基本形成了以现代服务业为主体、战略性新兴产业为引领、先进制造业为支撑的现代产业体系，承载了上海国际经济中心、金融中心、贸易中心、航运中心、科技创新中心建设的重要功能。

浦东的生产总值也从 1990 年的 60 亿元跃升到 2019 年的 1.27 万亿，财政总收入从开放初期的 11 亿元，增加到 2019 年的 4000 亿元。这片土地以其全国 1/8000 的面积，创造了全国 1/80 的国内生产总值、1/15 的货物进出口总额。

2020 年的浦东发展态势令人格外瞩目——

每秒，上海证券交易所平均发生交易 2380 万元，年交易额全球排名第四，总市值排名第三；每天，洋山港四期自动化码头吞吐集装箱超过 1 万标箱，世界最大单体全自动化智能码头昼夜繁忙；每月，张江科学城里诞生约 300 项发明专利，国际先进水平实验室、世界一流重大科技基础设施不断集聚。

上海国际能源交易中心、上海国际黄金交易中心、上海保险交易所……浦东集聚了股票、债券、期货、保险、信托、外汇等 10 余家金融要素市场和基础设施，是全球金融要素市场最完备、交易最活跃的地区之一。(《三十年，浦东勇当创新发展先行者》,《人民日报》2020 年 11 月 11 日）

近年来，浦东引进人才总量达 145 万人，约为浦东常住人口的 1/4。以张江科学城引领上海科创中心核心承载区的建设，正成为全球创新版图的重要一极。“中国芯”“创新药”“智能造”“蓝天梦”“未来车”“数据港”六大硬核产业，已成为浦东最为亮丽的名片。

伴随中国拥有世界第二大经济体的实力，上海奋力朝着全球城市的目标迈进。如今的上海有了与纽约、芝加哥、东京这些世界级城市，进行平等“经济对话”的资格与实力，同时它所显现出的对长三角地区和长江流域持续的战略辐射力与引领力，也令人叹服不已。

如今行走在黄浦江边，在你眼前徐徐展开的是一幅恢弘画卷——

浦西浦东两岸，遥遥相对又独具个性造型的一座座高楼鳞次栉比，勾画出这座世界级城市优美的天际线。迎面而来的习习江风，让人呼吸到来自海洋深处的澎湃气息。奔腾不息的黄浦江横贯其中，一艘艘巨型的货轮和彼此相连的船队穿行江上，给人们传递出城市经济繁华的内在律动。极目远眺横跨浦江之上的南浦大桥，却如一把挺立的优雅竖琴，与不时鸣响的汽笛声，交汇成一曲现代都市节奏明快的流行乐章。

透过这些恰恰印证了美国《时代》周刊在其《上海的变迁：东方融合西方》专题报道中说过的话："上海的崛起有着一股不可阻挡的推动力，这股推动力来源于中国五千年的文明。"

浦东之东，是腹地纵深日渐一体化的长江三角洲，是一望无际的浩瀚东海，是地球另一边的太平洋沿岸……

今天，当我们从历经千年的时间长河中，去体察钩沉浦东之东的历史进程与地域空间的迁移，才能真正感知到一座城市当下所承载的历史使命，才能更加深刻地体悟到中华民族崛起的百年希冀与历经的千年变局。

“海洋基因”：
孙悟空的性格密码

在《西游记》中，孙悟空是唯一敢于挑战“天庭”的人。

在这位“男一号”的身上，既有对师父的忠诚，对兄弟的坦诚，对部下的真诚，更有着天不怕地不怕的斗争血性，对天庭玉帝、对兴风作浪的无数妖孽、对西天最高权威如来，无不如此。

他，敢想、敢说、敢斗、敢爱、敢恨、敢担当，在中国文学谱系中确实是一个“另类”。

中华民族从来就不缺少恢弘的想象，正如袁幔亭在明刊本《西游记》题词中所说：“文不幻不文，幻不极不幻。是知天下极幻之事，乃极真之事；极幻之理，乃极真之理。”吴承恩在其《禹鼎志序》中也坦言：“虽然吾书名为志怪，盖不专名鬼，时纪人间变异，亦微有鉴戒寓焉。”

孙悟空性格特质中的文化基因是什么，其中又寄托了作者怎样的现实“隐喻”和深刻批判？

一

悟空与海洋，有着千丝万缕的关系，有着难以割舍的情结，更有着融入海洋的独立精神。

《西游记》在其开篇中就以其宏阔的视野，为人们传递出独特的天下地理概念："世界之间，分为四大部洲，曰东胜神洲，曰西牛贺洲，曰南赡部洲，曰北俱芦洲。"而东胜神洲有一国土，名曰傲来国，国近大海，海中有一名山，唤为花果山，孙悟空就出生在这座临海的名山之中。

吴承恩不惜用了三个章回的篇幅，浓墨重彩地描写孙悟空的不凡经历：海洋孕育了石猴，赋予了他战天斗地的本领。他对世界的认知、他拜的第一位师父、他的七十二变和一纵十万八千里的筋斗云本领、他得心应手的武器如意金箍棒，无不来自海外与海洋。

大海赋予了孙悟空非比寻常的"海洋基因"，使得他与农耕文明中的艺术形象有了天壤之别：他没有人格依附的血缘关系，没有农耕文化上的延续传承，没有与各种利益关系的羁绊，却拥有天然的独立性、自我性和开拓性的海洋性格特质。也许，我们从海洋文化的视角来审视孙悟空的艺术形象，才能更加深刻地认知作者赋予人物敢于打破现实既定秩序、无畏天庭威权的内在文化冲突。

孙悟空本可以独自为王，自在安逸地享乐生活，但是他志向远大，心有远虑，并不满足固守一山一洞。

一日，他"忽然忧恼，坠下泪来"，为"不得久注天人之内"而忧心。他为了能够实现"躲过轮回、不生不灭，与天地山川齐寿"的人生梦想，毅然把目光投向了那片遥远的大海，并以前所未有的勇决，用了 20 年的时间，远涉天涯，云游海角。

孙悟空出海求道的历程是艰辛的。他历经无数风险，漂过西海，一路打探，在南赡部洲，学成人形；再渡西洋大海，直至到了“西牛贺洲地界”，终于寻得祖师菩萨。面对祖师，悟空态度谦和，却绝不盲从。祖师先后为他开列出一系列的“学问清单”供其选学，诸如术字门之道、流字门之道、静字门之道、动字门之道等，当他刨根问底知晓这些“道术”都有违自己的“初心”后，绝然说不。悟空对师父直言，自己就是要一心掌握“夺天地之造化，侵日月之玄机”的非常之道，学到能够躲避三灾变化之法。正是凭借这份初心不改的执念，才真正打动了祖师，独独教了他七十二般变化的地煞术和一纵十万八千里的筋斗云。

悟空还有无人能比的灵活性与实现梦想的行动力。他前往龙宫，独具慧眼地发现了早就镇于海藏中的一万三千五百斤“如意金箍棒”，用行动证明了“世上无难事，只怕有心人”的至理。

在丛林化的生存现实中，孙悟空以其强大的自身实力去征服各路妖怪，迫使周边七十二洞的妖怪都前来参拜猴王尊。与此同时，他以“跳出三界外、不在五行中”的自信，一笔勾销了幽冥界森罗殿生死簿上对他与猴子既定的

“生死规则”，直言“了帐！了帐！今番不服你管了！”一路棒，打出幽冥界。

引发悟空反叛精神的还有腐朽虚弱的外部生态。在悟空的强势面前，天庭的“管理机构”和执法“官吏”大多是形同虚设。面对棘手难题最好的推卸办法就是“上奏”，十代冥王与东海龙王敖广如出一辙。一方面，他们屈服于孙悟空的实力，一个不敢相近，承认既定事实，一个当面卖乖，拱手把镇于海藏中的宝物送给他；另一方面，他们分别利用各自的渠道上达天庭，要么夸大其词，要么极尽渲染之能事，恳乞天庭收此妖孽，并将其上升到“庶使海岳清宁，下元安泰”的高度。

不仅如此，由于天庭各类关系盛行，按部就班，得过且过，管理松懈，致使天帝、菩萨乃至如来佛的身边人，变成妖孽横行人间，它们无法无天，草菅人命，肆意妄为，荼毒众生。吴承恩的入神之笔，不免使人联想到明朝现实中，那些无处不在、圆滑虚伪、不愿担责的官吏嘴脸，以及懒政怠政、不愿作为的官场病态。

神话与现实并不遥远。那些极荒诞之事，又何尝不是生活中极真实之事？！

二

一个僵硬腐朽的体制，自然容不下拥有海洋基因的灵魂。

一个漂洋过海历经无数风险的悟空，一个青春勃发一意孤行的悟空，一个敢于维护自我生存权利而又无视一切威权的悟空，注定了与天庭不可避免的冲突。

不能不说，天庭的统治者也曾一度以包容慈悲的心态，对待“目运金光、射冲斗府”的石猴，相信此乃“天地精华所生，不足为异”。自然，这是有着特定前提的——你必须听“天”由命，安守本分，遵循既定的一切秩序。当你打破现有秩序并且一而再，再而三地挑战统治者的威权时，“包容”瞬间即转变为“镇压”。

在吴承恩笔下，孙悟空与高高在上的天庭冲突，轰轰烈烈，惊天动地。一个刚强不屈、胸怀梦想的战神，要与一个庞大的组织体系和既得利益集团的联盟去抗争，其结局早已注定。

细细品味不难发现，孙悟空的形象是自我的、勇猛的、机智的、开放的、正直的，他有一股不达目的誓不罢休的豪气，有着天不怕地不怕的反叛锐气。亦如小说中所言：“只为心高图罔极，不分上下乱规箴。”“强者为尊该让我，英雄只此敢争先。”“常言道：‘皇帝轮流做，明年到我家。’只教他搬出去，将天宫让与我，便罢了；若还不让，定要叫嚷，永不清平。”这是一个崇尚实力的孙悟空，更是一个敢于任性反叛的孙悟空。

而天庭则是威权的、神秘的、卫道的、计谋的、武力的、联盟的，面对“也能善、也能恶，眼前善恶凭他作”“恶处披毛并带角，无穷变化闹天宫”这一新生的反叛力量，他们阳谋阴谋频出，软硬两手兼用，不惜采用一切手段使其臣服。别具讽刺意味的是在其冲突背后，天庭采用的是一系列“套路”。

以不入流的官位诱之——用最低的成本招安，向来是统治者的惯用手段，对待悟空最先使用的也是这一招。工于心计、世故圆滑的太白金星，先以满面的笑容把悟空“哄”到天庭，武曲星君再建言用一个未入流的“弼马温”之职，就把孙悟空打发了。当然，天庭里也没有不透风的墙，最终悟空还是从身边人的嘴里知道了事情的真相。于是，悟空大恼，他“心头火起，咬牙大怒道：‘这般藐视老孙！’”由此，带着美好愿景的他，终于明白了“玉帝不会用人”的残酷现实。其实，此乃非不用也，而是像他这样的反叛之人，却是万万不可重用的。

以强大的武力合力剿之——软的不行，就来硬的；说服不行，就用武力。于是一场围剿由此展开，先是以托塔天王李靖、三太子哪吒、巨灵神早期围剿；后又派十万天兵、二郎神真君及六兄弟合力战之。奈何神通广大的悟空却是越战越勇，战力也是愈战愈强。

以不着调的虚名妥协安之——武力不行，只有暂时妥协，封了悟空一个“齐天大圣”的虚名，实质上依然是把他作为体系内的局外人对待。悟空再次从王母娘娘举办“蟠桃盛会”宾客的名单中，看到了自己的现实处境。于是，他又把一个好端端的交际盛会给搅乱了。

以强大的外力设谋降之——自己的团队实力不济，于是派人去西方恭请拥有无量法力的如来降伏悟空。孙悟空的一己之力毕竟是有限的，在庞大利益联盟的合力之下，他只能以失败而告终，被镇压在“五行山”下。

孙悟空的反抗与叛逆，给神秘威严、循规蹈矩、享乐安逸、暮气沉沉的天庭带来了前所未有的冲击与震撼，这股来自海洋的新生力量，使得天庭原本僵硬、封闭、利益化的体系，在其无奈的妥协中被打开了一丝缝隙。

孙悟空的形象塑造给人们传递出哪些信息呢？表象上看，是孙悟空追求长生不老的个人梦想与天庭维护既定秩序的冲突，是一个不知天高地厚的小民与拥有庞大统治权力的集团之间的冲突。而在深层次上看，又何尝不是外来的海洋文化与固守的陆地文化之间的尖锐冲突？

恩格斯在《家庭、私有制和国家的起源》中说，凡德意志给罗马世界注入的一切有生命力和带来有生命的东西，都是野蛮时代的东西。“只有野蛮人才能使一个在垂死文明中挣扎的世界变得年轻起来。”

孙悟空与天庭的关系，也许正是如此！

三

孙悟空的“东海寻道”与唐僧的“西天取经”，形成了有趣的两极对立，这何尝不是吴承恩别具深意的又一设计？从团队组成的成员结构和关系背景，到人物命运的发展轨迹，再到小说故事的最终结局，都让人从中品味到了一种“体制外”与“体制内”的冲突隐喻，一系列冲突或明或暗，贯穿于取经路上各种危机应对化解的过程之中。

不妨先看看以唐僧为首的“西天取经”团队的身份背景。在流沙河横行的沙悟净，原是凌霄殿下侍銮舆的卷帘大将，因在蟠桃会上失手打碎了玻璃盏而被玉帝贬下界来的；在福陵山云栈洞里“倒插门”的妖怪猪八戒，是天河天蓬元帅，因他带酒戏弄嫦娥，被玉帝打了两千锤，贬下尘凡；白龙马则是典型的“官二代”，他是西海龙王敖闰之子，因纵火烧了殿上的明珠，被老爸奏表天庭告他忤逆，玉帝将他吊在空中痛打三百下，再贬下凡界。至于唐僧的背景，自然要比前几位更为深厚，他的前身是大领导身边的人——如来的二徒弟金蝉子，只因其信念不够坚定，“不听说法，轻慢大教”，所以才被贬真灵，转世东土。在这支取经团队的个人简历中，孙悟空是唯一凭借自我实力的“海归”派，而其他几位则无一不是组织化的精心安排，都与天庭有着或近或亲的关系。

再看看对这支团队人物的安排使用，也是意味深长。悟空可以说是天庭引进的“体制外”人才，而唐僧及其他几位，则是体制内“洗心革面”式的砥砺改造之人。天庭将悟空纳入这支不寻常的取经团队中，固然是因为他的能力突出，拥有洞悉一切的火眼金睛，有着正直忠勇、敢于担当的品性。不过对引进的体制外人才，既要用其所长，又不忘时时敲打，使他不可目空一切。

有形的刚性压束。能力越是突出的人，也常常是那种不会轻易盲从、让上级感到不太“听话”的人。如来对此专门设计了“紧箍咒”，并将其由观音菩萨传授给唐僧，以此强化唐僧对悟空的约束力，真个是“洞察先机，料事如神”。

外部的风险考验。取经路上风险无数，不过有一点是共同的：但凡那些心狠手辣、作恶多端、本领高强的妖怪，要么是有着复杂“神际”关系的，要么就是有后台背景的。不在体制内的妖怪，任由悟空棒杀，而那些有背景有后台的，不管它们危害多大，都让悟空一一放过，将其收归天庭另作处罚，即使藐视威权的悟空也不得不认同这样的结果。

体制性的歧视生态。天上的“神仙”自然有一种无所不在的优越感，他们对悟空都有着或明或暗的体制性歧视。何以见得呢？对于唐僧，在如来、玉帝、观世音菩萨的眼中，他是悉心栽培的得意“弟子”与精心呵护的人才，在这样的背景下，天神地煞以及各路神仙，对其总是口必称“圣僧”；而悟空即使再有本事，人们称他总是一口一个“猢狲”“猴头”“孽猴”而已，众多的天神地煞、浮屠山禅师及一些有后台有道行的妖魔，也都是言必称“弼马温”，又有谁把他当着真正的“齐天大圣”？就连唐僧生起气来也总是称他为“泼猴”“猴头”，只到孙悟空修成正果，进入体制内封为“斗战胜佛”，才取消了头上那道歧视性的“金箍”。

在不食人间烟火的天庭中，神仙们注重的还是关系与“人脉”，这反映了以关系为标准的农耕价值观念是何等根深蒂固！每个神仙和妖魔都有自己的关系，关系之下，什么事情都可以解决，这就导致了他们可以无视一切，只要有关系就行。正是在这一系列的关系隐喻中，我们领悟到了神话中的“天庭”与现实中的“天朝”那丝丝缕缕的“关联”。

换一种视角看，与彰显个性与开拓探险精神的海洋文化不同，中国农耕文化并不鼓励冒险，中国人最缺的就是敢于冒险的这种优良品质，所以国人总是极力避免冒险，总是梦想奇迹或者好运，既不愿意付出努力，却又总是想不劳而获。唐僧、猪八戒的形象就是植根于这一深厚的农耕文化土壤。唐僧信念执着，恪守本分，为人善良，但是性格懦弱，盲目偏执，能力平平，对上级唯命是从，不敢有半点僭越，对人面妖心懵然不辨，对各类突发性危机反应迟钝，显然缺乏与其任务相匹配的拓展能力。猪八戒自私狭隘、口是心非、损人利己，既贪生怕死又色胆包天，自我懈怠偷懒却又事事挑唆别人。而在孙悟空的性格中，却充满了无私纯正、敢于冒险、坦然直言、勇毅担当的海洋品性。透过孙悟空的艺术形象，我们看到了海洋文化与农耕文化一次前所未有的冲突，看到了海洋性格在人物形象塑造中的逆天张扬。

“人性亘古未变，它将我们的未来锁定在过去。”格林斯潘的这句话是对我们的警示，也是不同时代人们对《西游记》这部名著常读常新的魅力所在。